副刊文丛 一
主编 李辉 王刘纯

副刊

纽约客闲话精选集 二

刘倩 编

中原出版传媒集团
中原传媒股份公司
大象出版社
·郑州·

图书在版编目(CIP)数据

纽约客闲话精选集. 二 / 刘倩编.— 郑州 ：大象出版社，2018. 7

（副刊文丛 / 李辉，王刘纯主编）

ISBN 978-7-5347-9609-8

Ⅰ. ①纽… Ⅱ. ①刘… Ⅲ. ①散文集—中国—当代 Ⅳ. ①I267

中国版本图书馆 CIP 数据核字(2017)第 311099 号

纽约客闲话精选集　二

NIUYUEKE XIANHUA JINGXUANJI　ER

刘　倩　编

出 版 人　王刘纯

项目统筹　李光洁　成　艳

责任编辑　董翌华

责任校对　牛志远

封面设计　段　旭

内文设计　杜晓燕

出版发行　大象出版社(郑州市开元路 16 号　邮政编码 450044)

发行科　0371-63863551　总编室　0371-65597936

网　　址　www.daxiang.cn

印　　刷　北京汇林印务有限公司

经　　销　各地新华书店经销

开　　本　787mm×1092mm　1/32

印　　张　9.875

版　　次　2018 年 7 月第 1 版　2018 年 7 月第 1 次印刷

定　　价　39.00 元

若发现印、装质量问题，影响阅读，请与承印厂联系调换。

印厂地址　北京市大兴区黄村镇南六环磁各庄立交桥南 200 米(中轴路东侧)

邮政编码　102600　　电话　010-61264834

“副刊文丛”总序

李　辉

设想编一套“副刊文丛”的念头由来已久。

中文报纸副刊历史可谓悠久，迄今已有百年。副刊为中文报纸的一大特色。自近代中国报纸诞生之后，几乎所有报纸都有不同类型、不同风格的副刊。在出版业尚不发达之际，精彩纷呈的副刊版面，几乎成为作者与读者之间最为便利的交流平台。百年间，副刊上发表过多少重要作品，培养过多少作家，若要认真统计，颇为不易。

“五四新文学”兴起，报纸副刊一时间成为重要作家与重要作品率先亮相的舞台，从鲁迅的小说《阿Q正传》、郭沫若的诗歌《女神》，到巴金的小说《家》等均是在北京、上海的报纸副刊上发表，从而产生广泛影响的。随着各类出版社雨后春笋般出现，杂志、书籍与报纸副刊渐次形成三足鼎立的局面，但是，不同区域或大小城市，都有不同类型的报纸副刊，因而形成不同层面的读者群，在与读者建立直接和广泛的联系方面，多年来报纸副刊一直占据优势。近些年，随着电视、网络等新兴媒体的崛起，报纸副刊的优势以及影响力开始减弱，长期以来副刊作为阵地培养作家的方式，也随之隐退，风光不再。

尽管如此，就报纸而言，副刊依旧具有稳定性，所刊文章更注重深度而非时效性。在新闻爆炸性滚动播出的当下，报纸的所谓新闻效应早已滞后，无法与昔日同日而语。在我看来，唯有副刊之类的版面，侧重于独家深度文章，侧重于作者不同角度的发现，才能与其他媒体相抗衡。或者说，只有副刊版面发表的不太注重新闻时效的文章，才足以让读者静下心，选择合适时间品茗细读，与之达到心领神会的交融。这或许才是一份报纸在新闻之外能够带给读者的最佳阅读体验。

1982年自复旦大学毕业，我进入报社，先是编辑《北京晚报》副刊《五色土》，后是编辑《人民日报》副刊《大地》，长达三十四年的光阴，几乎都是在编辑副刊。除了编辑副刊，我还在《中国青年报》《新民晚报》《南方周末》等的副刊上，开设了多年个人专栏。副刊与我，可谓不离不弃。编辑副刊三十余年，有幸与不少前辈文人交往，而他们中间的不少人，都曾编辑过副刊，如夏衍、沈从文、萧乾、刘北汜、吴祖光、郁风、柯灵、黄裳、袁鹰、姜德明等。在不同时期的这些前辈编辑那里，我感受着百年之间中国报纸副刊的斑斓景象与编辑情怀。

行将退休，编辑一套“副刊文丛”的想法愈加强烈。尽管面临新媒体的挑战，不少报纸副刊如今仍以其稳定性、原创性、丰富性等特点，坚守着文化品位和文化传承。一大批副刊编辑，不急不躁，沉着坚韧，以各自的才华和眼光，既编辑好不同精品专栏，又笔耕不辍，佳作迭出。鉴于此，我觉得有必要将中国各地报纸副刊的作品，以不同编辑方式予以整合，集中呈现，使纸媒副刊作品，在与新媒体的博弈中，以出版物的形式，留存历史，留存文化，便于日后人们借这套丛书领略中文报纸副刊（包括海外）曾经拥有过的丰富景象。

“副刊文丛”设想以两种类型出版，每年大约出版二十种。

第一类：精品栏目荟萃。约请各地中文报纸副刊，挑选精品专栏若干编选，涵盖文化、人物、历史、美术、收藏等领域。

第二类：个人作品精选。副刊编辑、在副刊开设个人专栏的作者，人才济济，各有专长，可从中挑选若干，编辑个人作品集。

初步计划先从20世纪80年代开始编选，然后，再往前延伸，直到“五四新文学”时期。如能坚持多年，相信能大致呈现中国报纸副刊的重要成果。

将这一想法与大象出版社社长王刘纯兄沟通，得到王兄的大力支持。如此大规模的一套“副刊文丛”，只有得到大象出版社各位同人的鼎力相助，构想才有一个落地的坚实平台。与大象出版社合作二十年，友情笃深，感谢历届社长和编辑们对我的支持，一直感觉自己仿佛早已是他们中间的一员。

在开始编选“副刊文丛”过程中，得到不少前辈与友人的支持。感谢王刘纯兄应允与我一起担任丛书主编，感谢袁鹰、姜德明两位副刊前辈同意出任“副刊文丛”的顾问，感谢姜德明先生为我编选的《副刊面面观》一书写序……

特别感谢所有来自海内外参与这套丛书的作者与朋友，没有你们的大力支持，构想不可能落地。

期待“副刊文丛”能够得到副刊编辑和读者的认可。期待更多朋友参与其中。期待“副刊文丛”能够坚持下去，真正成为一套文化积累的丛书，延续中文报纸副刊的历史脉络。

我们一起共同努力吧！

2016年7月10日，写于北京酷热中

目 录

二 美国故事

三　书里书外

四 西窗拾叶

五　生活在此处

序

2017年6月《纽约客闲话精选集一》在纽约举办新书发布会，十几位作者都来了。从2007年2月第一期《侨报周刊》刊出“纽约客闲话”版，十年来，这个专栏随笔版每周末与读者见面，如今有了第一本合集，难免有些感慨。十年树木，最珍贵的是与众多的作者结缘，第二集的序就写写他们吧。

在纽约待得越久，就越加钦佩作家E.B.怀特，他曾这样描写纽约：“这里有很多人，很多颓废的人、很多怀旧的人、很多失败的人、很多成功的人。”“这也是一座孤立的城市，一座寂寞的城市，最重要的它是一座宽容的城市。正如毛姆说的‘一些人永远在寻找最终的目的地，这是一个咒语，也是一份礼物’，就像这座城市——纽约。”1949 年夏天，怀特偶然写下了有关纽约的个人感触，60 多年过去了，这些文字仍然是对纽约最经典的描绘。我想加上两句——这里有很多漂泊的人，这是一座自由的城市。

“9 · 11”之后我来到纽约，暗沉和忧伤是我最初的印象，那时我常看《纽约客》杂志，开“纽约客闲话”版的最初冲动就来源于此。在筹划之初，我曾和董鼎山先生约稿，他答应每周写一篇稿，但有三个条件：一、他手写，要有人为他打字；二、文章刊出后，每周给他寄样报，他要看到报纸；三、不限定题目，他随意写。我都答应了下来。那时我就打定主意，除了碍于报纸版面，文字不能过长，不给作者设限。我相信纽约是会出好文章的地方。

第一次见到董先生，是在《侨报》举办的活动上。他那时已经80多岁，身材高瘦，一头饱满的灰发，剪得整洁熨帖，他穿着一袭风衣，东方的儒雅和西方的绅士风度都在上面了。在纽约的华裔文人圈里，再找不出第二个如此风流倜傥的翩翩老者了。他说话时，眼睛在镜片后面闪着点点光芒，一口宁波腔的中文，显见不如讲英文来得自如。他中气十足，喜欢开怀大笑，一派天真不羁。

他的文章短则几百字，长则千余文，平实浅白，风趣随性，似乎毫不费力，他那半文半白半译文的文风，成了他的特色。熟悉他之后才知道，每周专栏的选题他都动了脑筋，选题的趣味性和言之有物是他看重的作文之道。

本书的“西窗拾叶”（他一本书的名字）总计收录了他的五篇随笔，都是他最擅长的闻人掌故，在《奥威尔品同行》一文中，他将《一九八四》作者乔治·奥威尔对同行的评价写得妙趣横生：“他不喜亨利·詹姆斯，认为他的作品‘令我极度厌烦’。他以为F. 司格特·菲兹杰拉德被捧得过分：‘《了不起的盖茨比》有什么了不起？’但他喜爱詹姆斯·乔伊斯的《尤利西斯》，也捧扬战后出版的诺曼·梅勒的《裸者与死者》。他特别赞扬约瑟夫·康拉德：‘一个出生于波兰的人，竟对当时英国政治有如此认识，如此大度，只能让同时代土生土长的英国作者惭愧。’对法国存在主义文学大师萨特，他特别藐视，称萨特作品‘犹如一纸放屁，我要好好踢他一脚’。”

60余年的旅美生活在他身上打下烙印，有着典型的自由派知识分子世界观，与他早年在中国时亲近左翼文艺有关。这位影响过许多人，被誉为打开一扇“西风窗”的长者没能看到《纽约客闲话》第一本合集的出版。新书发布会那天，特别想念他，让我念念不忘的是他兑现了当初的诺言，除因爱妻蓓蒂重病离世，短暂停笔外，他每周写一篇，将近9年，从未间断，为这个专栏写到了他生命的最后。

再来说宣树铮先生（笔名：鲜于筝），他和董鼎山先生是这个随笔版的两棵大树，10年来，他每周供稿一篇，旅行的时候也写。宣先生旅美前是苏州大学中文系主任，经历坎坷，在北京大学做学生时被打成右派，毕业后分配到新疆，种种境遇造就他的性格。和当代随笔散文的老一辈作家杨绛、高尔泰一样，他的怀旧文章，叙事有节，用语平淡，却有打动人心的力量。他也写闲情逸致，与汪曾祺、孙犁一路，求凡入简，不假雕饰，却意趣盎然。他的文章耐读好看，是由学问和阅历养成，很难模仿。

在《骆驼与云雀》中，宣先生这样写道："骆驼的眼睛没有虎豹的凶锐，也不像牛羊的驯良，而是傲岸。我走到它跟前，它正眼都不瞧，觑得人如无物；对这世界它似乎不屑一顾。"

中年一辈的纽约客作家张宗子，40岁时才出版第一本散文集《垂钓于时间之河》（2004），却是白话散文的翘楚之作。2011年该书再版时，出版社在封面写下这样的文字——“在物欲烟火中给读书人献上的最优雅的中国文字”，可说是贴切的描述。著名学者赵毅衡给出极高评语：“张岱是历尽繁华披发入山，张宗子天性是在如海繁灯中独觅孤独兴会，没有任何人勉强他。此张宗子彼张宗子，今人何必不如古人？”

之后他转入读书随笔写作，散文集《空杯》《书时光》《往书记》等相继问世，他的知见和才气逐渐为读书界和文学圈认可。他的散文自带一种脱俗的俊朗样貌，有自己的审美品位，最常用的概括是：气质雍容闲雅，冲淡飘逸。张宗子自己说过，苏轼曾言：好的文章，应当如行云流水，行于所当行，止于其所当止。作为编辑，这些年读张宗子的文字，深感他的阅读广泛且深入，文字境界已非常人能比。有读者云：读他那风流蕴藉的文字，不禁对散文写作悠然神往。

再来介绍身居纽约 30 余年的作家陈九，他从诗歌出道，近年主攻小说创作，成绩斐然。他的随笔从市井生活、华人苦乐入手，针砭现实，嬉笑怒骂，给人不吐不快之感，他也不讳言自己的“新左派”观点。九兄近年尝试方言写作，由于身居京津多年，文章带有京派的特殊韵味。他的文字流畅自如，幽默里藏着冷峻，已有多本随笔集出版。在《血浓于水》一文中，写老母亲病危找血，他心急如焚：“我的心情咣地沉到谷底，这才把泪水呼地挤压出来，像音控喷泉。我想不出办法，一片茫然，这才发现故乡对我来说竟如此遥远，像跑马溜溜的山一样。我觉得海水灌进来了，我开始下沉。我的老娘亲啊！”

本书的“美国故事”一章主要收录了作家蔡维忠的文章，这也是他的栏目名。他专从生活中取材，一个个真实的故事，在他干净清晰的描摹下，被赋予深长的意味。这位曾经的哈佛大学医学院生物专家，写作起步晚，但有多年研读对联的功底，文字精简，行文严谨。他旅美30余年，笔下的美国是具象的，也是客观的，反映了当下美国的道德人心。

另一位作者是姚学吾教授，他是“纽约客闲话”版的第一位作者，也是他最初鼓励我，并与几位专栏作家联络促成了这个版。这位曾在北京大学、纽约大学任教的语言学教授，对燕园满怀深情，给自己的专栏定名“西苑雅集”。他也利用这个专栏写下燕园往事名流，以及对国内教育界的观感。鉴于成书篇幅所限，原来的“回忆文字”和“杂文评说”两部分被砍，遗憾本书仅收录了他的两篇短文。

“纽约客闲话”中还有两位非纽约客，他们也是北美随笔散文的大家高手，一位是旅居旧金山的知名散文家刘荒田，另一位是现居马里兰州的双语作家朱小棣。

刘荒田是从草根崛起，勤勉自成的作家，已出版几十部散文集。他擅用细腻的笔调描画新移民的世俗生活，文字温润娴静，意蕴悠长，带着诗的韵味和千回百转的情意。在《所谓乡愁》中他写一个 4 岁的小女孩离开家乡时，看车窗上撒下密麻麻的雨点，突然大哭，妈妈惊问什么事。女儿揩着眼睛，哀哀地说：“下雨了，‘白白’（乡间对曾祖母的称呼）晾在禾堂的衣服，要给淋湿了！”他在文中说：“乡愁原来是极具体的，小女孩对家乡的眷恋，凝缩在几个关键词上：晒衣竿，雨，老人；不是名山大川，青史与版图。”

与刘荒田经历迥异，朱小棣曾多年供职哈佛大学城市学院，他以两部英文著作——自传《红屋三十年》和侦探小说《狄仁杰故事集》步入文坛，由《闲书闲话》展开读书随笔写作，正如他自己说的“读闲书，闲读书，读书闲”，他偏爱冷门“闲书”自以为乐，然而有心的读者会发现，他写的多是“城南旧事”，恬淡中尽是关切，有话为证：“从儿时看鲁迅起，文学于我就从来不是温室里的花朵。”（朱小棣）本书收录了他的两篇读书随笔以及一篇描写家乡南京金陵鸭的小品文，尽展朱式风清闲淡。

以上诸位是清一色的男作家，再来介绍女作家顾月华。舞台美术出身，是画与文兼修的另一个范例，除了散文，她也有小说集出版。她的散文充满人情味，和她的人一样。她擅写人，记景说情，鲜活灵动，有海派的风致。本书收录了她的三篇散文，读者可一窥她的特色。

2016年，“纽约客闲话”版吸纳了两位年轻作家凌岚和穆青，她们对中西文化有真切的体验，阅读和兴趣广泛，加之勤于思考，创作上已显出锐气。作品也充满了年轻的气息。尽管均为女性，但是两人身上有大丈夫的胆气，令人佩服。相信她们在文学这条路上会走得长远。

走过十年，美国经历了一场金融危机，风暴过后，残迹犹在。中国则是气象日新，雄心一梦。其间，有些人短暂停留后离开了，比如老作家赵淑侠、赵淑敏姐妹年迈歇笔，梅振才先生忙于书画琴棋会，还有一批年轻作家任寰、卢蜀萍、辛梓因世事变迁而放弃专栏写作，陈安先生则改为著书和撰写长文，还有董鼎山先生，永远地离开了我们……当然也有新人加入，今年的两位是王瑞芸和夏维东。

行文至此，感慨系之。在异域他乡，有机会做喜欢的事，分享优美的母语文字，兼得这许多的友情和回忆，该当知足。如今有了这两本合集，追怀想念的时候，也有了去处。

最后，再次感谢李辉先生策划主编“副刊文丛”，收纳海外中文报纸副刊的支流，感谢刘荒田先生的推荐，感谢大象出版社，没有你们，这十年不会如此圆满。

2017 年 8 月 18 日刘倩于纽约

一

闲情偶记

阳羡随想

鲜于筝

从冰箱冻格里找出一罐阳羡绿茶，去年回国朋友送的。早起沏上一杯，看着茶叶在水面转圈，接着娉娉婷婷，美人鱼一般，潜入水底。真想自己也能化作一片茶叶，舒缓而随意，静卧在碧绿的阳羡世界。

阳羡即宜兴，隋以前叫阳羡，隋以后改宜兴。宜兴有三洞，宜兴有紫砂壶。但我总觉得“宜兴”这名儿俗，我喜欢阳羡这名称。最早知道阳羡是在鲁迅的《中国小说史略》上。鲁迅在“史略”上讲到六朝志怪时，引述了《阳羡书生》的故事，别开心窍的奇幻。

阳羡许彦背了鹅笼走山路，碰到个少年书生，躺路边，喊脚痛，求许彦让他进笼子。许彦以为他说着玩。但书生还真进了笼子，笼子没变大，书生没变小，和两只鹅坐一起，鹅也不惊。许彦背起笼子走路也不觉重。走到前边树下休息时，书生出笼子对许彦说：“我要为你设一小宴。”书生从嘴里吐出一个铜匣，里面一桌酒菜。喝了一阵酒，书生说：“我带来一个女人，想请她也来。”于是张口吐出一个漂亮女子，一起吃。一会儿，书生醉倒了。女子对许彦说：“虽然我和书生是夫妻，但心有怨望。我偷偷带了个男子同行，现在书生睡了，我叫男子出来。请你替我保密。”许彦说：“行。”于是女子吐出一个男子，与许彦寒暄。这时候书生像要醒了，女子从嘴里吐出一道屏风遮住书生。书生留下女子同睡。男子对许彦说：“这女子虽然有情，但不专一。我也有个女人跟我同行，想见见她，请你别泄露。”许彦说：“行。”男子从嘴里吐出个女人，一起喝酒谈笑。

过好一阵儿，听到书生有动静了，男子说："他们两个睡醒了。"于是把吐出的女人又吞进嘴里。一会儿，女子从书生那儿出来，对许彦说："书生要起来了。"就把男子吞进嘴里，独自与许彦相对而坐。书生起来对许彦说："睡久了，留下你一人独坐，郁闷了吧。天不早了，该道别了。"就把那女子吞了，那些器皿也统统塞进嘴里，就留下个大铜盘给许彦："无以为报，留个纪念。"

这故事出自南朝梁吴均的《续齐谐记》。就像鲁迅说的，此类思想盖非中国所固有，实际出自天竺（今印度），佛经中来的。吴均把它"中国化"了，成了中国最早的荒诞小小说。至今可以从中读出不少现实，悟出不少道理。

我读过的小说不少都忘了，但阳羡书生和那鹅笼始终忘不掉。来美国前，20世纪80年代中期，逛书摊，看到一本民国时候编的《续古文观止》。里边有一篇《鹅笼夫人》，连带想起《阳羡书生》，于是买下。回家一看《鹅笼夫人》和《阳羡书生》还真有点儿关系。

《鹅笼夫人》作者周容，明末清初人。明末做过首辅（相当于宰相）的周延儒是阳羡人，鹅笼就是指的他。

他的夫人也就成了鹅笼夫人。鹅笼夫人是毗陵（今江苏武进）人，她父亲看中鹅笼的文章，就定下这门亲。她母亲问："家境如何？"父亲说："吾恃其文为家也。"鹅笼家里很穷，几年了，聘礼都拿不出来。她妹妹许配豪门，行聘时风光排场，僮仆百人，雕鞍骏马，聘礼队伍绵延一里，锦绣珠宝，光照屋梁。亲戚仆妇都围着她妹妹吃吃笑。鹅笼夫人不为动容，静静做针线。有天母亲取出聘礼为妹妹裁做衣裳，生气地说："你姐姐再也别指望，这辈子只能穿布了。"鹅笼夫人听到后，当即收起丝绸衣服，里里外外穿一身布。鹅笼更加落魄了。吹吹打打，鼓乐冲天，妹妹坐凤车出阁；夫人静静做针线，不为动容。

周延儒 24 岁中举，母亲感到意外，鹅笼急着要把夫人娶过门。夫人对母亲说："总归已经迟了。"鹅笼不胜羞愧而进京赶考，会试、殿试连中两榜第一，状元及第，名动天下。南京兆（南京是明的留都，规格同北京）听说状元穷，就用公帑代为行聘，夫人依然静坐做针线。接着鹅笼奉特恩赐归完姻。上自抚按下到郡守都出动了，从毗陵到鹅笼家两岸数十里，县令出郊伏道迎接，盛况前所未有。鹅笼十年为相，夫人时时规之以礼，不使放纵逸乐。壬申年夫人去世，朝廷赐祭，派官吏护灵返乡，沿途祭祀不断，备极哀荣。夫人临死前对鹅笼说："地高坠重，公可休矣。妾不自知何故，以今日死为幸。"（站得越高，摔得越重，你可以退了。我不知为什么，觉得我今天死算是幸运。）

周延儒本是懦弱无能的平庸之辈，夫人不在后，越到后来越发荒淫无耻，直宿内阁，携带扮作男装的女子作陪；贪赃受贿，银子、金子都瞧不上了，要珠宝了；清兵入关，他谎报战绩……崇祯十六年（1643），皇帝赐鹅笼自尽，鹅笼小帽青衫死于古庙中。鹅笼夫人临死说那样的话，她应该已经觉察到鹅笼的行事，甚至预见了他的结局，却又无能为力。

从古到今鹅笼多不胜数，但是鹅笼夫人屈指可数！

喝一口阳羡茶，清爽，微苦。

（2016年6月26日）

骆驼与云雀

鲜于筝

醒来前总会做一睫小梦，睁眼起床也就忘了。也有不忘的，就像 10 天前，那清晨一梦至今还是脑海一帆：我和骆驼作伴走在荒凉的大漠，天山落日映照，满目荒凉化作一片金黄琉璃。我们，我和骆驼，就走在这金黄琉璃中，走啊走，无休止地走……终于走出梦境，纽约的晨光正扣着窗棂。这“无休止”的梦境，说不定也就是一分钟的瞬间。

无疑这样的梦是从我17年的新疆生活中生发出来的。1962年我到新疆，分到天山北麓的奇台县教书。塞北苦寒，漫长的冬天要靠洋炉取暖，烧的是北塔山露天煤矿出产的无烟煤，当地称大煤，厚石板似的一块一块，大的有近百公斤。从县城到北山煤窑，尽是大漠戈壁，荒无人烟，一年少说有5个月冰封雪冻。运煤除了靠车，还靠骆驼。驼队一趟来回起码五六天，要在戈壁上过夜。

1962年我踏上奇台已交11月，路面积雪早压得瓷实结成冰大板。有天下午4点多，冬天这已临近薄暮，我正在街上，突然听到传来哐啷哐啷的声音，沉酣厚重，这声音让我莫名其妙地感动。我站住，静静地听。一会儿，从东门外大街慢悠悠拐来一链驼队，十匹左右。从北山煤窑拉煤回来，大煤绑在鞍架两侧。驼夫是个老汉，坐在领头的骆驼上，裹着脏兮兮的光板羊皮大袄，眉毛、胡子、帽檐上白霜纠结。最末一匹骆驼的脖子上挂着个粗大铃铛，驼队走动，驼铃摇晃，哐啷哐啷，哐啷哐啷……这声音粗犷，原始，荒凉，这是戈壁沙漠的声音，这是历史车轮滚过时间旷野的声音，这是什么声音都压不倒的声音。

那天我跟着驼队到煤场。我还从没有这么仔细地看过骆驼，它长着肉垫、宽大如盘的脚掌，它高大的身躯，昂扬的脖子，能开能闭的鼻孔，它的两个贮存脂肪的巍巍驼峰。骆驼的眼睛没有虎豹的凶锐，也不像牛羊的驯良，而是傲岸。我走到它跟前，它正眼都不瞧，觑得人如无物；对这世界它似乎不屑一顾。然而，这真是一双迷人的眼，双眼皮，长长密密的睫毛，足让当下的时髦女性嫉妒。

打那以后，差不多每个礼拜都能遇上一次驼队，我就站在路边，听哐啷声中的荒凉，看睫毛后的傲慢。我喜欢听人讲骆驼的故事：骆驼生性温顺，但你不要惹它，它发起脾气来，口沫喷你身上脸上，皮都会烂，连狼都怕。别看骆驼走得慢，发情的时候，公骆驼可以追火车。我喝过一次骆驼奶，很膻，但据说营养胜过牛奶。我也吃过一次骆驼肉，肉质粗粝，口感欠佳。

有一年夏天，我在农村劳动，住在挨着戈壁的一所小学里，小学也就是一溜平房。半夜出门解手，瞥见地里黑乎乎隆起一团黑影，一动不动。夏天，4 点天就亮，5 点多起床，太阳已出来了。这才看清昨夜的黑影是蹲着的一头骆驼，正披着朝阳，石雕似的，一动不动。我朝它慢慢走去，离它还有十来步远呢，突然，就在骆驼身后，伴着一阵清脆婉转的鸟鸣，七八只褐色的小鸟冲天直上，那么迅捷利索。云雀！是云雀！雪莱的诗里怎么说的？“你好啊，欢乐的精灵！……向上，再向高处飞翔，从地面你一跃而上，像一片烈火的轻云，掠过蔚蓝的天心，永远歌唱着飞翔，飞翔着歌唱。”在我这一亩三分的荒凉中也有着远离尘嚣的云雀的歌声。

（2013 年 2 月 24 日）

情是何物

鲜于筝

情人节到了，又油然想起元好问的这两句词：“问世间，情为何物，直教生死相许。”说“又”，是去年情人节，我也这么“油然”过。情是何物？这是天问！

元好问何许人？金元之际的大诗人（1190—1257），北魏鲜卑族拓跋氏后裔，拓跋后改姓元。金泰和五年（1205）元好问赴并州（今太原）参加府试，半道遇到捕猎大雁的人。猎雁人说：“今天早晨捕获一只雁，杀了。另一只脱网而去，却盘旋空中不肯离开。最后竟然直冲下来，触地而死。”元好问听后就买下了这两只雁，葬在汾水之滨，摞石为标识，题名“雁丘”。元好问和结伴赴试的人都为之赋诗，元好问写了首《雁丘词》，后来又改写成词《摸鱼儿》：

“问世间，情为何物，直教生死相许。天南地北双飞客，老翅几回寒暑。欢乐趣，离别苦，就中更有痴儿女。君应有语，渺万里层云，千山暮景，只影向谁去？

横汾路，寂寞当年箫鼓，荒烟依旧平楚。招魂楚些何嗟及，山鬼暗啼风雨。天也妒，未信与，莺儿燕子俱黄土。千秋万古，为留待骚人，狂歌痛饮，来访雁丘处。”

说是现在太原汾河公园还有两块靠在一起的石头，上面刻着“雁丘”二字。山西我去过多次，汾河公园也到过，可惜没有注意，也没人提起。虽说汾河公园的雁丘石已非古迹，而是“今迹”，但以后有机会还是愿意一睹，也算是“来访雁丘处”，吟几句《摸鱼儿》，在凄美中，得一分净化。我不知道为什么这大雁殉情的故事如此感动人，不亚于梁山伯与祝英台，令人有“雁犹如此，人何以堪”之叹。

元好问还写过一首词，词前有一小序：说是金章宗年间，西州士人家的女儿阿金，姿色绝妙，家里想要个好女婿，让女孩子自己去选择（鲜卑族这些地方比汉族开放）。同郡有某郎，鲜衣美食、文彩风流。阿金看上了，她倚在墙头，和墙下的郎，彼此交谈过。过些日子又约好在城南相见（男女可以自由约会），不料这位郎有事没能来。后来郎的兄长到陕右做官，弟弟也跟了去。女家不能老等下去了，就将阿金许了别家。阿金一直郁郁不乐，终于病了，没有等回娘家，就去世了。过了几年以后，郎已出仕，奉官差驰驿过家，事先让人持冥钱到阿金墓上祭告：郎今年回来，你知道了吗？周围听的人都大悲动容……这首词名叫《江梅引》：

“墙头红杏粉光匀，宋东邻，见郎频。肠断城南，消息未全真。拾得杨花双泪落，江水阔，年年燕新语。

见说金娘埋恨处，蒺藜沙，草不尽。离魂一只鸳鸯去，寂寞谁亲。惟有因风，委露托清尘。月下哀歌宫殿古，暮云合，遥山入翠颦。”

元好问认为阿金和郎之间有误会。城南约会，郎没有到，姑娘以为郎是不愿意见她所以爽约，于是“肠断城南”，其实“消息未全真”（应该是约会那天阿金先差人到城南去守候，但到时不见人来，就带回消息，说郎不来了）。要是今天的话，打手机、发微信，什么都清楚了。结果阿金许了别家，终于情思郁郁而香消玉殒。

问世间，情为何物，直教生死相许。今之人“生死相许”的情已经难得见了。如今的新人，今天情这个，明天情那个，后天又有了新情，同时情了好几个……结婚、离婚犹如开门、关门。今之人如果像元好问那样遇上了殉情的雁，会掏钱买下来，埋了，立雁丘石？恐怕是卤了吃了。时代不同了，观念都变了。情是何物？苍天无语。

（2016年2月21日）

往事的痛

鲜于筝

1月8日夜，我梦见了父亲：父亲瘦削的身影正从我房间出去，手扶门框站了好一阵儿，一闪而逝。我起身推开椅子追出房门，门外本该是一个空房间，但这会儿成了一条灰绿的小河，父亲的身影已在河对岸了。河上没有桥，河里没有船，周围没有人，我喊，没有声音。正在一筹莫展的时候，却发现自己已在一条昏暗的长弄堂里。我慌慌张张朝弄堂一头奔去，奔出弄堂，原来是地铁出口，眼前灯光闪耀，俨然是曼哈顿的夜景……蓦然醒来，头脑清澈如水晶球，马上记起了1月8日可不正是父亲二十周年忌辰？而梦里父亲手扶门框的身影不正是22年前的一幕？那是我今生的恨事！

1979年春，我从新疆调回苏州，父亲心满意足：总算在耄耋之年有个儿子守在身边了。打从我上大学算起，二十来年中，父子相聚的日子不足十一。童年时对父亲的敬畏固然已消化在自己成长的岁月中，但还是留下了隔阂的残渣。平时除了谈几句日用家常，或者听父亲偶尔讲讲父亲认为必须让我知道的沉埋的往事，其余的话题实在也寥寥。有一次父亲问我："你念中文，当初学校里教不教作诗填词？"父亲指的自然是旧体诗词。我说："不教这些的。""那么平仄也不懂了？""诗词格律是要学一些，也是皮毛。""那么你们五年都学些什么？"我看出了父亲的失望。我想告诉父亲学了些什么，但又觉得徒费口舌，于是笼统地说："要学的东西其实再一个五年也学不完。"父亲摇了摇头。

父亲的生活很规律，每天早饭后，休息一阵儿，正9点拄了拐杖上街转转，这一转差不多要11点光景才回家。当时苏州街道不像现在，街面虽然铺了柏油，人行道依然是七高八低的碎石，硌脚，而且窄，两边的住家店铺再稍加蚕食，行人就被纷纷逼下街面。有一年，父亲被一个骑自行车的姑娘从背后撞倒，卧床数月，从此，父亲上街一律靠左走，这样不需防备后方偷袭，只要避开前方攻击就可以了。父亲说，“这也叫明枪易躲，暗箭难防”。

我和妻子每天上班，两个孩子上小学，买菜做饭托付给女佣王妈，一个60开外的乡下妇女。我上班比较自由，如果没有课，不开会，上午打个招呼，下午就可以关家里，躲进小楼，看看书，备备课。这时候，父亲很少打扰，偶尔到门口张望一下就走了，听脚步声就知道。

有这么一天我正在房里看书，听到脚步声响了几回。在我靠在椅背上小憩仰望天花板的时候，脚步声进了房间。父亲站到我跟前说：“有句话要跟你们说。”我问什么话，父亲说：“我看王妈的手脚不干净，要留个心眼。去年大圆桶里的汤婆子、脚炉都不见了，再也没有找到……”“说不定‘文革’中弄掉的。”我说。“不会，1976年冬天汤婆子还拿出来用过，1977年开始用盐水瓶了，汤婆子这才不用，一直放在圆桶里的。这不去说它。昨天我打开几只箱子，几件小人穿的毛线衫、毛线裤统统不见了。这还是前两年你大姐织的，本来要寄给你们，后来一直说你们要回来了，就没有寄。清清楚楚放在箱子里，没有动过。我看你给王妈说说，让她心里有个数。别让她觉得一家都是糊里糊涂的大好人，以后就更不得了了。”我摇头：“我不去说，没有证据，怎么咬定是她？”“那还能是谁？还有一回我发现大橱的抽屉被人开过后，再没有关严。我开抽屉总是关严的。还要用手摸摸合缝了没有。你们还没有回来，你说还能是谁？”“没见少了东西呀。”“就是这话，记性不好了，少了东西也不会知道了。所以后来就上锁了。”我想，老年人就是多疑。父亲说：“看人只要看眼气，看王妈的眼气，一双肉里眼，就知道是个厉害角色。”

父亲所谓的“眼气”，大概是指一个人眼睛里流露出的人品的优劣善恶。说实话，我也不喜欢王妈的“眼气”，女儿第一回见王妈后就偷偷说：“王妈像只老猫，眼睛最像。”但毕竟不能以“眼气”定人善恶。我哗啦哗啦翻起书来，说：“我看算了吧。”父亲一定看出了我的不以为然和不耐烦，说道：“不要嫌我啰唆，你们的东西也乱放，没有个数……”不知为什么，我突然有些反感，口气生硬：“也没有什么值钱东西，谁要拿就来拿！”父亲沉默了一阵，说：“既然这样，算我多嘴，自讨没趣。”我说：“本来嘛，何必自寻烦恼？真是王妈手脚不干净，也防不胜防。家里杂咕隆咚、乱七八糟的东西拿掉一些也清爽一些！”

父亲淡淡一笑，没有再吭声转身朝房门走去，走到门边，扶着门框站了好一阵儿，自言自语道：“人老了，不值钱了，连小辈都看不起了。”缓缓走了出去。我知道我伤了父亲的心，父亲的自言自语让我心酸，后悔得不行。我真想出去向父亲赔个不是。我想象自己从椅子上起来，出房门，跟父亲说：“别瞎想，怎么会看不起自己的父亲呢？要不，我去问问王妈怎么箱子里的毛衣不见了？”但我到底没有从椅子上站起来，自然，更没有去问王妈。

半年后，王妈自己辞了工，说是要回乡下带外孙。我们另外找了个女佣，也是乡下来的，年纪也近60。那时候都叫女佣为阿姨，阿姨烧的菜不如王妈，但父亲说：“看阿姨的眼气就知道是个老实人。”每天端菜上桌时，阿姨总要不好意思地说上一句：“我不会做菜。”父亲倒也不苛求，有时还接上一句：“吃到肚里都一样。”

阿姨做了将近一年时，父亲过世了。1月8日正是隆冬季节。料理完后事也就近春节了。春节时阿姨回家7天，回来后谈起了王妈，原来王妈和阿姨住在相邻两个村子。阿姨听王妈村子里的人说，王妈在苏州帮人家的时候，东家送了她不少东西：鞋被衣帽、外套棉袄、汤婆子、脚炉、漆盘、木盆……她外孙穿的毛衣毛裤也是东家送的。王妈的女婿隔两个月骑自行车上一趟苏州，回来时王妈总让他捎不少东西。妻子说，一定是约好了日子趁父亲上街的空当来出赃的。

20年来，我也渐渐老去，一想起父亲就想起这往事，想起父亲手扶门框的自言自语。这是我今生的恨事。我真希望能有机会当面向父亲表示我的悔疚，甚至我的敬畏，但已是不可能了。我没有想到还有梦，在父亲20周年忌辰我做了这样的梦！如今我祈求下一个梦，在梦中我一定要追上父亲，向他表示我的悔疚，甚至我的敬畏。

（2013年11月24日）

食蜜解毒

张宗子

从前读《基督山伯爵》，对检察官维尔福家中发生的下毒事件印象最深。维尔福夫人用番木鳖碱杀人，维尔福前妻所生的女儿瓦朗蒂娜，因为祖父暗中安排她每天食用少量毒物，培养出一定的抗毒能力，得以逃过一劫。毒药是神秘之物，一般人难以接触，也不敢接触，因此小说中与此相关的情节，便格外地富有魅力。金庸写下毒就很拿手，《倚天屠龙记》第二卷中，此类描写详细生动，而《飞狐外传》的女主角是毒手药王的弟子，后半部的故事，高手斗法，便以毒药为武器。

中国历史上大名鼎鼎的毒药，除曼陀罗为人熟知，名气最大的就算是鹤顶红和鸩毒了，我至今搞不清楚是什么玩意儿。古代真的有鸩那么一种怪鸟吗？元明清的小说里，下毒还是砒霜最常见，因为常见，读者感受到的，便只是犯罪气味，没有传奇了。

苏东坡写过《安州老人食蜜歌》，是写给著名诗僧仲殊和尚的。陆游《老学庵笔记》里说，仲殊吃蜜，“豆腐、面筋、牛乳之类，皆渍蜜食之，客多不能下箸。惟东坡性亦酷嗜蜜，能与之共饱”。东坡爱吃甜食，嗜蜜是天生的。仲殊食蜜则不然，他是因为中了毒，不得不吃蜂蜜来解毒。

宋人不少书里都讲了仲殊的故事，大约实有其事。

仲殊年轻时放荡不羁，到处沾花惹草，惹得老婆大人不高兴，在他吃的肉里下毒，差点把他毒死。他服用蜂蜜得救。大夫警告他，从此以后，再不可以吃肉，吃肉毒发，彻底没治。仲殊无奈，只得出家做了和尚。

还有一种说法是，他外出游历的时候，老婆与人私通，等他回来，害怕东窗事发，就想下毒把他做掉。

第二种说法有点离谱，也太落俗套，相信的人不多。提到的毒药是鸩毒，大概也是顺手拈来的。仲殊当了和尚，所作的词却以写艳情著称，想来他年轻时风流的传说，不是一点影子也没有的。他的《踏莎行》："浓润侵衣，暗香飘砌。雨中花色添憔悴。凤鞋湿透立多时，不言不语厌厌地。眉上新愁，手中文字。因何不倩鳞鸿寄。想伊只诉薄情人，官中谁管闲公事。"写一妇人在雨中的官署庭院，语气轻佻。后来仲殊自缢而死，民间传言他是在枇杷树上吊死的，他的词句也被改为："枇杷树下立多时，不言不语厌厌地。"

仲殊中毒，毒素在身体里面，多年不能拔除，他必须长期食蜜，克制毒性。如果运气好，可把毒性一点点化解掉。这是一个需要耐心和毅力的工作，在复原之前，毒性不时发作，肯定痛苦莫名。我猜想他最后自杀，可能就是因为忍受不下去了。

武侠小说里写下毒，最简单的，是下在酒食之中，令人一服丧命。《水浒传》中使蒙汗药，一概这个套路。其次，是下毒者在武器上喂毒，甚至浑身布满毒物，他人中了刀剑，或触摸到他，立刻中毒不治。

下毒害人，多半使被害者不知不觉，即使是对付像武大郎那样懦弱的人，会拳脚的西门庆加上潘金莲，能用强也不用强，而要骗他把砒霜喝下去。骗的好处，除了对方不反抗，风险小，还有情感上的舒服。当你把满满一杯毒酒无比亲切地递给受害人，看着他一饮而尽时，这个将死的倒霉蛋，脸上最后挂着的，还是快乐和感激的笑容。

用强，如我们在金庸小说里看到的，是档次不高的家伙在恼羞成怒、黔驴技穷时才会干的。《倚天屠龙记》里，并不精于下毒的昆仑派掌门何太冲的夫人班淑娴，在企图毒杀丈夫小妾的阴谋被张无忌揭穿后，就硬逼着小姑娘杨不悔把毒药喝下去。

上流的下毒法，花样多了。比如长期慢慢下毒，等到毒物在受害者体内积累到超过极限后，受害者才暴死或受尽折磨而死。比如明明是两种无害之物，阴错阳差让它们混合，产生极大的毒性。比如让一个无辜的人相信所得毒药是治病的良药，是珍贵的补品，而拿去给亲人朋友服用，自己成了人家下毒的工具。隔一层的做法，还有一种，不是拿毒来毒人，而是让人服药后失去抵抗或辨别的能力，如此一来，危害很小之物，不容易引起警惕之物，都可以充当害人的利器。

在金庸笔下，使毒是武侠世界中最可怕的东西，比所有武功都可怕。《射雕英雄传》里的绝顶高手，黄药师、洪七公、段王爷，统统斗不过西毒欧阳锋，因为毒物防不胜防，因为他不按牌理出牌，不遵从江湖规则。也就是说，使毒没有道德底线。使用没有解药的毒药的人，金庸说，更是十足丧心病狂的恶棍：他把事做绝了。

对于毒，有什么办法吗？当然有。除了武功高到不可思议，还有非常简单的一条路。《天龙八部》里，书呆子一个的段誉，无意中吞食了“百毒之王”的朱蛤，以毒抗毒，从此百毒不侵。

人的脑子，一辈子，免不了有误食毒药，被骗服毒药，甚至被强灌毒药的时候，但不要怕，你可以像仲殊和尚那样，靠耐心，靠坚持，食蜜解毒。段公子的朱蛤也不难得，你的理性和独立思考能力，就是让你百毒不侵的朱蛤。

（2014 年 4 月 17 日）

今人胜古人

张宗子

在《阅微草堂笔记》卷十五中，纪昀讲了一个扶乩故事。降坛的仙人自称是南宋围棋国手刘仲甫，众人请求与他对局，他说，不用对，一定是我输。大家一再坚持，他只好下了一盘，结果真的输了半子。在座各位对于能够战胜历史上的名人，觉得不可思议，就问他：大仙这么谦虚，意在奖掖后进吧？乩仙说："我不是谦虚，是真的下不过你们。后人很多事不如古人，若说下棋，肯定比古人强。什么原因呢？因为风气日薄，人情日巧，倾轧攻取之术，变幻万端，吊诡出奇，不留余地。古人不肯为之事，往往肯为；古人不敢冒之险，往往敢冒；古人不忍出之策，往往忍出。所以一切世事心计，皆出古人之上。围棋也是玩心计的，宋元的国手，到明朝已落后一路，到今天就落后一路半了。”

从古到今，技术和制度的进步有目共睹，智慧和道德的进步，则几乎看不出来，你或者也可以说并没有进步。纪昀的故事，意在讽世，老生常谈，新意无多。清朝人说宋朝好，宋朝人说唐朝好，唐朝人觉得战国是个侠士纵横的好时代，生在战国的孟子，却又对现实愤愤不平。然而再往前推，推过子思先生，直到子思的爷爷孔子那里，孔子说，他最遗憾的事，是没有生在文武周公那时候。周公圣人，生不与其同时，隔几天梦见一次也是好的。

希腊人说人类的发展，最初经过了黄金时代，然后退到白银时代、青铜时代。青铜时代，刀兵相接，争城掠地，民命不如蝼蚁。可是还不是最坏的，青铜之后，还有黑铁时代。黑铁之后呢？书上没说。还有比铁更贱的金属吗？没有。五代十国时期，军阀没有铜铸钱，用不值钱的铅和铁代替。到铅铁也没有，一个叫刘守光的，直接用墐泥——就是黏土——烧成钱。准以此例，黑铁时代之后，不妨还有黏土时代，或曰泥巴时代。

厚古薄今是一个源远流长的传统，里里外外透着幽默劲儿。幽默之处在于，尽管发自肺腑，却是陈陈相因。有人说，人在幸福中是不会想到别人的，想到别人，需要别人，是因为自己痛苦。那么，抱怨世风日下的人，总是因为自己有多多少少的不如意吧。时过境迁，怨气要么消灭，要么褪色，要么变成了其他东西，变成了醉翁之意不在酒。

譬如今天盛行说民国，但我们都知道，民国时期，军阀割据，战事频仍，此后日寇入侵，尸横遍野。这样的日子，能说好到哪里去？民国的名人，大家只拣好的说，于是大师满街，名家满巷，一人成名，全家得道。名人在很多书里，可以论兄论弟论父论子论夫论妻搭着卖——20 世纪 80 年代在北京，买一瓶燕京或白云啤酒，要搭两瓶不能下咽的碣石啤酒。我不相信吃民国饭的都是糊涂虫。糊涂虫之外，显然另一部分人是别有怀抱，这可称之为刘仲甫版的阮籍。

古代东西方都有一种说法：人若心眼多，一代一代，身子会越来越矮。这当然是偏见。心灵的贵贱会影响到体格的大小、容貌的美丑，这倒很像寓言。玄奘和尚的《大唐西域记》中，写到乌铩国，城外往西二百多里，有峻高的山崖，某日山崖崩裂，里面现出一人，身材高大，面容枯瘦，身披袈裟，瞑目不语。有懂得历史的比丘告诉国王，这是早年修习灭心定的罗汉。罗汉被唤醒，看到围在身边的众人，十分惊奇，说："你们怎么这么矮小，你们是什么人？"后来又问，我的师父迦叶波如来怎么样了？众人告诉他，迦叶波已经入大涅槃很久了。罗汉听罢，闭目怅然，再问，释迦如来出世了吗？众人告诉他，如来降世引导众生，也已归于寂灭。罗汉听罢，一声长叹，然后腾身而起，飞在空中。

这个故事读完，临纸感喟，不知所云。然而时代总是要前进的。

（2016 年 5 月 30 日）

生命片段

张宗子

说来有意思，我的梦想之一，是在熟悉的城市不太热闹的小街开一家小咖啡馆，卖以咖啡为主的饮料，和几种简单的点心。店里播放音乐，开得很轻，轻得你意识不到音乐的存在，以及是什么音乐。但你若坐久了，又是一个人，安静下来，音乐会像细雨一样悄无声息地点缀在空间和角落。你坐在细雨中，又像在细雨之外，愿意看见雨的时候就看雨，不想看的时候，雨压根儿没有。墙边摆一个杂志架，除了与书和艺术有关的，也摆些轻松的、印制得很精美的书，比如植物志和西方的绘本。我喜欢画册，但印刷精美的画册，体积大、重，不适合在咖啡桌上摊开了看。中国古代的木刻，线装的，不知是否买得起，这种书在喝咖啡时翻阅，是很容易损坏的。

雨天人少，来客或因忘记了带伞而在店里坐很久。愿意聊天的人，如果觉得投缘，便陪他聊几句。陌生人的聊天，时或有意想不到的收获，因为没有前提，没有成见，即使很浮泛的话，可能也有意想不到的启发。愿意享受孤独的人，我们离他远远的，在柜台后面读自己的书——这时候我想，应该摆一只大咖啡壶的，普通的咖啡，客人自己倒，自己调配，把零钱投入旁边的钱罐里。

咖啡馆开到很晚，过了午夜，直到天将放亮。

与朋友聊天，偶尔说起这样的想法，自知做不到，而即使做得到也不可能，一笑而罢。事实上，能时时在这样的咖啡馆当一回客人，就已经很好了。而要做任何实事，需要和各种机构和生意人打交道，岂是幼稚的闲人所能走的路，不是离题万里，而是背道而驰。

我也经常想到一个舒适的小院，在漫长的黄昏中与朋友对坐共饮。黄昏里菊花绽放最初的花朵，晚风中飘着白兰花的芬芳——一种很久都不知道名字的花。墙的影子，墙外树林的影子，所有盆花和藤花的影子，溪水一样漫过地表，漫到人身上，然后爬上小桌，覆盖在几只安静的杯子上，面色变得模糊而轻柔，只有眼睛像萤火一样闪闪发亮。

小时候曾经住过的小院，一次次在我的文字中出现。对它的现实记忆，多年来一直鲜明，包括几乎所有的细节：铺着青砖的地面，小小的水泥池，在院子的右边，池上的葡萄藤——长得并不茂盛，很多叶子的尖都枯了，一人多高的粗糙的院墙，墙上搁了破瓦盆和搪瓷盆，种着大花马齿苋和其他记不起来的杂花，左边贴着墙根摆放了十几大盆花木，有瑞香、山茶、迎春、茑萝，还有观赏的小圆辣椒和一种结黑色果实名叫紫茉莉的花……

这个简陋的小院，直到我上大学期间还在，暑假很长，基本没事情做，常常坐在院子里读书，看报，打死苍蝇看蚂蚁把它运走，印象特别深。后来不止一次在文字中写到任何院落时，实际都是以它为模特的，把它一次次美化。并没有太夸张，只是美化。在一首题为《截梦》的诗里，有如此句子：小池影护苔痕暗，短篆香盘鸟语亲。看起来古色古香，其实就是这座最平凡的平房小院。所谓篆香，是夏日点的蚊香，不仅蚊香的淡蓝色烟雾是袅袅盘旋着上升并消散的，蚊香本身也是蛇一样盘着的。

我做过一个梦，在梦里，梦可以重温，像看碟一样。梦的开头，重温了一段梦，结果发现不是想要的那一个，想要的梦已经错过了，不复存在了。于是发疯似的四处寻找，终于发现，所有的梦都还在，储存在一个地方，有列表可以查找，找到，点开就是。找出想要的那个，一看，真的就是，可是它没有结束。接着在列表上往下找，跳过一个个琐屑的梦。所幸，梦一段段找回了，它被分成了三个片段，存在不同的地方。

快乐就是一次次回到过去的梦里，一遍遍重温那些早已失去的，甚至从来就没存在过的生命片段。

（2016 年 10 月 16 日）

咖啡馆

张宗子

我喜欢在咖啡馆看书，坐靠窗或靠墙角的座位。试过公园，无论是在湖边，还是对着大丛的杂花，都不行。只顾看花看草听鸟鸣了。街心公园适合坐在那儿发呆，戴耳机听音乐，读唱片说明书，看行人：带孩子的，牵小狗的，故意打扮得漂漂亮亮走着让人欣赏的。候机室是读书的好地方，虽然机会很少。相比之下，候车室太乱，容易使人不耐烦。在家里看书，不喜欢独自一人，喜欢有响动在周围，时有时无，不大不小。在咖啡馆也是这样。能够平心静气，就是因为周遭人声不断。所以，舒服的静谧，是闹中取静，但有一个条件，那闹是熟悉的、友善的，因此，形成一个放松的背景。太安静使人不安，甚至恐惧，因为有孤独无依的感觉。

爱伦·坡写过一个小寓言，绝对的安静使最坚强的人发疯。因此想到，过去那些隐居在深山的人，果真身边没有别人，果真？他们要么是疯子，要么已经超凡入圣。以青山白云为伴，是的，还有虎豹狼虫，琪花瑶草，难怪他们可以断绝火食，煮白石，餐流霞。或在大漠深处，深思冥想。没有人分得清疯狂和神圣。或者不妨说：神圣是疯狂的极端形式。

坐在二楼靠窗的座位，饮茶或咖啡，最好是下午，有时光慵懒的感觉。

深夜，就是你喜欢的凡·高画中的咖啡馆。柠檬黄的灯光映照一切，天空澄澈，开着大朵的星花。澄澈天空下的房屋，有着黎明的品质，但这确实是不折不扣的夜，因为长夜，咖啡才那么温暖，说过的话才那么细碎。深夜的时间是一只无比柔顺的猫，卧在膝上，趴在我的臂弯，轻轻从身上溜下，隐入街角的暗影，只露出两只眼睛。石板路像鱼鳞一样形状，我没有见过，相信你也没有见过这样的石板路。于是街就像鱼一样缓缓在水中滑动，穿透菊花的遮蔽，滑入失眠中的梦想。

凡·高还画了一张室内的咖啡馆，其实是酒馆，但我就当它是咖啡馆——同样迷人，却是给孤独者的。是的，你说过，这一幅，你也喜欢。时钟指向十二点一刻，有的人离去了，剩下桌上孤零零的酒和酒杯。有人趴在桌上睡着了，不知为什么他不肯回家——也许他是行客，过路的水手？没人使用的台球桌，占据了画面中央，是困惑和孤零零的。灯光依然是柠檬的黄色，不过更青涩而已。

在这张画里，人物各自孤立，尤其是居中的守着台球桌的人。他有落寞的神情。三盏灯的强大，更凸显了人物的渺小和孤单。

看着画，你会情不自禁地想，这街和咖啡馆，莫不就是筑在大鱼的脊背上？星光隐退，街就像鱼一样缓缓在夜色中游动，滑入画家无限绵延的失眠中去。没错，凡·高的心其实非常温柔。

天气渐凉，深夜暖室的感觉会越来越好，无论读书，还是听音乐，翻翻画册，整理整理旧东西，都很悠然。

想起凡·高就想起那些像外太空的星云一样旋转着的星星，他的星星比平原上裸露的房子还大，漂浮在夜空的表面，是肆意张开的，同时极其静谧。旋转是动的感觉，舞动或者散射。在旋转中，花萼绽吐，衣摆飞扬。旋转的线条如果漫散开来，伸长，就成了扭曲，一种纠结的神态。有人说那显示了他的神经质，迷惘和痛苦的感觉，自知而不能抑制的。蓝色的鸢尾花看久了会使人头晕，同样纠结的向日葵却带着狂放的喜悦。

面对凡·高的画，无须多深的绘画素养，我们都能一步踏进他的艺术世界，他的画像音乐一样直指心灵。

在他的自画像中，他把自己的狂乱画成了复杂颜色交织下的平静。他的表情，质朴如原始部落的村民。

（2015 年 6 月 27 日）

无边丝雨细如愁

刘荒田

凌晨 6 时多，白光缓慢地融化厚黑的夜。我坐对窗外。家里人都在沉睡，不好意思弄出声响。但这不是不干事的理由，我可以就床头几的阅读灯读书，浏览网络新闻，可以上微信发几个帖子，“刷刷存在感”，即证明自己活着。可是，偏偏什么也不干，就这样，托着多皱纹与胡茬的腮，呆呆地看。

看雨。旧金山湾区的旱情，长达 5 年，好久没有看到淋漓的雨了。今天只是聊胜于无。不知什么时候开始的，渐次清晰起来的地面，湿出一片猩红。雨若有若无，远看只是迷茫的白。好在有檐溜，忍久了就吧嗒吧嗒一阵，有如流苏。脑际马上冒出秦观的词句："自在飞花轻似梦，无边丝雨细如愁。"前一句与眼前景不合，檐下的扶桑花红得发黑，吸饱雨水，不胜其沉重，"飞"从何谈起？梦刚刚做过，不能转让给花就是了。然而，下一句和眼前丝丝入扣，值得细细品味。

首先，"丝雨"为何"无边"？不是因为雨下在太广阔的平芜，而是雨线细到织不出网，只能晕染出雾帐。这帐比雨霸道，把数百米外的一切都遮蔽了。离旧历年还差 3 个星期，地道的残冬，近前的树林，花旗松勉为其难地维持绿色。秋天，街旁的枫树集体制造不需急救的大火，熊熊烈焰，何等气势，却依然彻底地裸着。静尤其教我惊讶。难得喝上水的植物们，不能以终于肥润起来的"叶片的嘴唇"歌颂雨吗？鸟也一律保持缄默，唯一的松鼠在枝丫间来来回回地跳跃，算是天地间仅有的编织雨丝的梭子。

其次，冬雨的细，为何“如愁”？和愁相对的喜，节奏必快，且鲜明。其量也大。至于密度，愁如夜，黑暗密实地占领全体，几无缝隙；喜如白昼，光明虽大但有黑影跟随。我敢揣测，此刻，必有许许多多不同年龄、背景、种族、性别的人，和我一样，静静地站在窗户、阳台、山间的亭榭、水湄的槛外，额头轻蹙，眼睛含着难以捉摸的迷茫，愁绪从外至内，或从内至外地氤氲。愁，也许苦涩，也许甜蜜，也许是奢侈品，也许是必需品。

我凝视着雨，想念彼岸的朋友。10多天前，我离开他和我所在的古城之前一天，他替我饯别，推迟去医院做检验的日期。席间他告诉我，血尿已延续两天，排出的血鲜红、浓稠。他的语调平稳，但我受了极大震撼。饭后依依惜别，我忍住泪，和他拥抱两次。和他结交于我回乡当知青的1968年冬天，至今近50载，从来没有拥抱过他，这次，把他紧紧搂住，惊觉他的骨头有点硌人。回到旧金山以后，知道他被验出膀胱癌。牵挂，担忧，设身处地地想象他的情绪，他的心事。细雨漂浮，终归落地；愁的雨，悄悄地浸泡心田。

指涉具体，黏着于形而下的愁绪，不同于青年时代的愁。那种愁，带着诗意酸甜，动不动就是人生的意义，自由的代价，宇宙和人的感应。要说和雨丝协调，那才算，而我为友人担忧，只关乎冰冷的、无解的宿命。

天终于亮透。我支颐的手麻木了。家里的人陆续起床，小孙女向我伸出手，要抱抱。我回到人间。门外的风铃第一次动起来，但声音比檐溜落地轻微，对了，这是为了对应秦观词的末一句："宝帘闲挂小银钩"。

（2017 年 6 月 4 日）

斜立的海

刘荒田

每一天，休想逃脱，被太平洋缠着。早晨撩开窗帘，它从花旗松的针叶间挤出，堆满餐桌。出门，二话没说，跟着走，连手里的手机屏幕上也总是它的反光。黄昏，海是无远弗届的舞台布景，以落日为主角。按说，普普通通的星期天午后，人气不旺，大海的表演欲不算强烈。我在一天内至少走两三次的诺里爱格大道，这条东西走向的宽阔街道，贯通日落区，由位于山坡的第一街以平缓的斜度延伸到海边，长度约4公里。我此刻的位置，离大海1公里，手里提着白菜、叉烧和大头菜。即使我是最容易被激动的狂想家，此刻也不指望熟得不能再熟的海洋，翻出什么花样。可是，我惊呆了。

因为平平地躺了无数世代的大海，突然“坐”了起来。我打个踉跄，站定，凝神，不是出现幻觉，不是被什么对照物误导，不是色彩的忽悠。而且，除了我，并无人注意，尽管今天凌晨3时一百英里外的纳帕谷发生6.1级地震，但没有海啸警报。候车站，一位妙龄女子靠着教堂的墙壁，对着小圆镜专心修理几根不听使唤的假睫毛。

我在街上走了几个来回，变换角度，确定大海有如沙发的靠背，斜角约为45度。怎样宏大的背景啊！色彩与早上9点的天空无异，白天叫人舒心的蔚蓝，被夜挹注恰到好处的墨汁，变为古典意蕴的乌青。且把海面想象为唐代长安的水边，捣衣女子棒杵下一块蓝绸缎，泡在清凌凌的河里，被巧手揉啊揉，把忽闪忽闪的星斗搓掉，把一团团多事的云掸掉，再用尽气力抻平，挂起。然而，不要误会，此刻天空是淡蓝的，和大海划得清界线。

我把连片屋宇，横过大街的电线，急吼吼地冲出林荫道的小狗，悠悠然爬坡的71号巴士，骑滑板轰隆隆滑向大海方向的黑人小伙子，往斜立的大海上“贴”，总粘不住，不是因为距离太远，而是因为都太小。幸亏右下角适时地出现一艘小艇，雪白的，桅杆犹如图钉，铆定在波纹中间。那也好，任大海干干净净地打皱、翻动好了。不是没有看头，在右上角，一艘10万吨级以上的红褐色集装箱巨轮，底部贴着海平线，移动极慢。左上角，又是一艘，浅灰色，小一些，两轮被海平线连在一起。据说热衷于美食的诗僧苏曼殊，经不起某俗人的央求，铺开大宣纸作画，只在顶端左右两方各画一只小不点的船，以下尽是空白。围观者哗然，这算画吗？最后，他以一根线把两船连起来，旋即掷笔，吃饭喝酒去。眼前一幅巨无霸，把苏式空白置换下来，用什么呢？王鼎钧乡愁散文名篇有一句，“我从水成岩的皱褶里想见千百年惊涛拍岸”，且调过来，用的是：

从千百年惊涛拍岸想见的“水成岩的皱褶”。

把卧改为“斜靠”，并不算极端。记得8年前，中风以后的父亲，在疗养院进入生命的倒数，不能言语，无法进食。我载着母亲去探望，归来时也是午后。母子为至亲者的病情担忧，眉头紧锁，一路无语。在101公路的一段，母亲忽然冒出一句：“那是天空吗？”我定睛看，不，是海。颜色如乌鳗的背脊，海的上方，广阔的蓝才是天空。顿时我惊骇无比——大海是直立的！一面墙竖在前方！我不敢把这感觉告诉母亲，只轻轻说一句：“快到家了。”

海可以直立，斜立。然而它不会为此而倾倒出咸咸的水。人间并没有受到惊扰。即使是最可怕的海啸，也是从平铺直叙的海面发生的。那么说来，大海这类稀罕的姿势，纯然是为了人增加新鲜感而已，善哉！美哉！

（2014年10月18日）

车　窗

刘荒田

车上读书，总是妙不可言的。尤其是搭乘旧金山湾区的地铁，非高峰期坐靠窗的位置。偌大的车厢才十来个人，静悄悄的，斜靠窗子，打开书，不管你遇到多少晦气事，片刻间便轻松起来。此刻，手里的书，是友人半个小时前送的《泪与笑》。“纪伯伦的散文诗，最新、最齐全的版本。这一本从阿拉伯文直接翻译，里面有不少是英译本从未收入的。”友人这样告诉我。

两个年龄合起来140岁的老头子，都是纪伯伦的粉丝。我自己买的不算，他上一回送我的，就有20世纪80年代出版的企鹅英文版以及台湾版《先知》。归途开读，岂能没有“万物皆备于我”的满足感！

发现车窗投下的光线颇有讲究。此刻，是凶猛的太阳。从书中抬眼，老天蓝成硬邦邦的水晶石，阳光穿越而下，带上棱角，不可见，但可感知。它的张力，汹涌的波涛般，轮番掠过雪白的书页。列车噙住轨，轰隆轰隆地飞驰，离开开阔的平野之后，车内一片昏暗，无法辨字，原来是穿越隧道。然后，列车停下，窗外是站台。乘客进进出出，给书落下绰约的影子。

列车全速前行，车窗开始变花样。一排排黑影，变戏法一般，大树、花丛、电线杆、隔音板、房屋、广告牌——影子五花八门，倏忽间闪现，消遁，交错。纪伯伦的诗句，在光明和阴影的间隙，充满奇幻。打开的一页是《黑夜与黎明之间》，黑夜与黎明，和光与影息息相关，此刻何等切题！我轻轻诵读：“我在船两侧涂上落日余晖般的土黄，青葱般的嫩绿，天空似的瓦蓝和晚霞的血红；在船帆上，涂上引人注目的奇异画面……”光陪着我，顽皮的影子，总是把每一页的阅读切割成许多碎片。我一次次地抬头，等待不受阴影侵扰的刹那。忽然想起，半个世纪之前读的一本俄罗斯小说，作者和内容几乎都忘记了，却记下一个形容马车疾驰的妙句：马鞭碰中的路边里程碑，有如栅栏直排的木桩。奔马的速度，将每一块碑石之间“一里”的间隔缩为“数英寸”，是“白发三千丈”式的夸张，但在现代的高铁、子弹型火车上是可能的，即便是此刻，黑影的交叠也庶几近之。如此这般，车窗下读书，多了动感。我宁愿让光与影轮流读我的书，我换位当侍读的仆人。

“艺术是由明显的无知走向隐匿的未知的一步路。”“知识使你的种子发芽，却不会把你当作种子抛掉。”“我并无孤独之感，除非人们赞扬我的种种缺点，批评我的样样优点。”“需要证明的真理，仅是半真理。”我闭目，逃离光与影的游戏，以便咀嚼《泪与笑》的这些隽语。油然想起在旧金山坐了许多年的巴士，也是靠窗的座位，也是无数次地触摸的，从湛蓝天空倾泻的成片或成束的阳光，间或有雨滴和冰雹。更让我心动的，是街旁的成排梧桐树，峥嵘的虬枝总是顽皮地擦过窗子，以翠绿或黑褐的叶子，报告季节的更替。如果幸运，我俯向书本的头颅，会受到若干叶片的爱抚。

列车抵达旧金山，我走出车厢，换乘电车回家。城内的一程，车行于地下。车内灯光和蓝天下的阳光一般，亮且温暖。没有影子的骚扰，读《泪与笑》更加顺畅。我真不愿下车，要多坐一个来回。下车时，回头看车窗，它啊，含着太多的暗示！

（2017 年 3 月 5 日）

人生譬喻

刘荒田

雨声潇潇，正宜于读书。手头是张爱玲的散文《天才梦》。文中，作者就自己的日常生活，开列出两方面叫她痛感无奈的对照，一方面是："我发现我不会削苹果，经过艰苦的努力我才学会补袜子。我怕上理发店，怕见客，怕给裁缝试衣裳。许多人尝试过教我织绒线，可是没有一个成功的。在一间房里住了两年，问我电铃在哪儿我还茫然。我天天乘黄包车上医院去打针，接连3个月，仍然不认识那条路。总而言之，在现实的社会里，我等于一个废物。”另一方面是：“生活的艺术，有一部分我不是不能领略。我懂得怎么看《七月巧云》，听苏格兰兵吹bagpipe（风笛），享受微风中的藤椅，吃盐水花生，欣赏雨夜的霓虹灯，从双层公共汽车上伸出手摘树顶的绿叶。”于是，她下了这样的结论：“在没有人与人交接的场合，我充满了生命的欢悦。可是我一天不能克服这种咬啮性的小烦恼，生命是一袭华美的袍，爬满了蚤子。”

“张爱玲热”流行以来，张式名句最为人乐道的，莫如“生命是一袭华美的袍，爬满了蚤子”。其实，它并无大的普适性。张爱玲彼时的物质生活，堪称优裕，体面。也就是说，烦恼基本上由“丰衣足食”而来，一如老舍在梦话般的《我的理想家庭：一妻一儿一女，七间平房，院子必须大》里说的：“除了为小猫上房，金鱼甩子等事着急，谁也不急叱白脸的。”这等人物下跌有的是空间——把华美的袍脱掉，换上阴丹士林布做的普通衣服。那些以狐皮、水貂皮、貉子皮、雪豹皮精心制作的“千金裘”，才是宜于滋生虱子即“咬啮性的小烦恼”的温床。

问题是：上层社会之外，多少人拥有这种盛产只制造小小痛痒的“袍子”？人间，从来是这样的人居多：为糊口而疲于奔命。同是虱子，阿Q也不少，他和王胡并排坐在墙根下，一边晒太阳一边捉身上的虱子，不但将虱子当食物，而且暗中来个吃虱比赛，阿Q因为虱子比不上王胡多和大，咬起来又不及王胡的响，感到面子挂不住，和王胡打了一架。和张爱玲的皮袍上的虱子，截然两样，一如苍蝇分“饭苍蝇”和“屎苍蝇”。

放大一点，人生譬喻，不得不远离只制造痒的小小虱子。即使放在大多数人得到温饱的今天，大衣柜内挂一件爬满虱子的“皮草”，毋宁是福气。不闻“宁在宝马里哭，不在自行车上笑”乎？至不济也可把喷过杀虱剂的华美袍子在网上寄售，捎带炫耀整过容的性感形象，虱子即便有，照片上也显示不出。

比起这“华美的袍”来，《水流过，星月留下——王鼎钧纽约日记》，1996年9月11日的一则是：“富贵如浮云，我的感觉是富贵如雷雨，贫贱如浮云。延长一下：富贵如吃糖，贫贱如吃药。富贵如睡一晚，贫贱如摔一跤。富贵如彩排，贫贱如清唱。富贵如水彩，贫贱如素描。”

覆盖的人生不但广大得多，而且可以再做延伸：富贵如绸缎，贫贱如土布。富贵如辉煌的冰雕，贫贱如阴暗的窑洞。富贵如掷骰子，贫贱如废彩票。富贵如晚礼服的袖口，贫贱如扁担下的披肩布。富贵是邯郸客舍未熟的黄粱饭，贫贱是灶膛下闷烧的柴禾。

谁有兴趣，尽可在“人生譬喻”上做“接力”。

（2016 年 9 月 11 日）

杨　梅

鲜于筝

吃着樱桃，想起杨梅，嘴里一酸，口水流出来了。

苏州产杨梅，“东山杨梅，西山枇杷”是有名的，东山、西山是苏州郊外伸出在太湖里的洞庭东山、洞庭西山。小时候，放学回家，经过水果铺发现货板上朱匀紫圆，聚作一堆，红泪粉汗，汁水淋漓。杨梅上市了！口水就牵线而出。那是在阴历六月。杨梅吃之前，总要先放在海碗里用盐水浸泡，看着一个个针尖大的气泡从杨梅里钻出，缀在肉刺上，有时还漾起黑点，那是虫。第一颗杨梅送进嘴，一口咬下去，猛一酸，挤眉弄眼，龇牙咧嘴，红红的汁水溢出了嘴角。20世纪二三十年代，乡土作家鲁彦写过一篇有名的散文《故乡的杨梅》,鲁彦称家乡的杨梅是“世上最迷人的东西”，他谈到杨梅入口的那种感觉：“每一根刺平滑地在舌尖上触了过去，细腻柔软而且亲切——这好比最甜蜜的吻，使人迷醉呵。”鲁彦是浙江镇海人。

每次吃杨梅，大人们再三叮嘱，杨梅汁不要滴到身上，渍斑很难洗掉。但酸得合不拢嘴，低头不及，汁水难免猩红涴衣衫。一件汗衫就染得绯红烂漫，几番洗涤，依然红晕淡淡，干脆称之为“杨梅衫”。夏夜纳凉玩对句，姐姐出句“石榴裙”，我就对以“杨梅衫”。

杨梅极难储存保鲜，尤其不耐颠簸贩运。袁中郎以“果中杨梅”与“半日而味变，一日而味尽，比之荔枝，尤觉娇脆”的莼菜异类作配。所以外地几乎吃不到新鲜杨梅，就是本地应市的时间也很短。我中学毕业上北京念书，也就见不到杨梅了。只是每年在街头小摊上看到结结实实、红红麻麻北方小妞似的山楂果，就不免想起娇娇滴滴、迷迷昏昏南国闺秀似的杨梅。后来到了西北边陲，山楂也见不到了，只能每年夏初时咀嚼小不点儿酸不溜溜的沙枣，满嘴弥漫西北黄土风沙的干涩时，冥想着哪一天能再从杨梅中咬出一片江南烟雨的滋润。

这一天是在"文革"之后到来的，我调回了家乡，和阔别了20来年的杨梅终于又见面了。从此，每年总早早地与朋友约好：杨梅时节上东山。上东山，先去紫金庵，拜访一下十八尊阅尽沧桑而无动于衷的宋塑罗汉。再转入西侧的茶轩，一方斗室，明净雅致。窗外飞翠流碧，树木葱茏，那绿像浪花一样溅入室内，瑟瑟生凉。绿树枝头娇红俏紫，那就是杨梅了。紫金庵坡下有一片供停车的小土场，农妇村姑好在此售杨梅。杨梅都盛在编得精致细巧的小竹篓里。价钱比市场上便宜得多，并且新鲜，饱满停匀，红光紫亮。有一次跟两位朋友从农妇手中连小竹篓一起买了下来，绕道到太湖畔，席地而坐。眼前波光云影，湖山晴美，一颗一颗吃着杨梅，说一些水天寥廓不着边际的话。这是平生吃杨梅吃得最尽兴的一次，吃得齿软颊酸，五指如染。于是太湖洗手。朋友担心回去拉肚子，我告诉他别担心，杨梅是止泻的。

《本草纲目》上说，杨梅非但可以止呕断痢，“和五脏涤胃肠”，连杨梅核都有妙用：治脚气。《挥麈录》记载，宋徽宗时权倾一时炙手可热的童贯苦于脚气，会稽地方官王嶷裒集杨梅仁五十石以献。马屁拍到脚上，王嶷就此官运亨通。明朝人还为此纳闷：这五十石杨梅仁是怎么收集来的？我也曾纳闷过：这王嶷是怎么想的？区区一双脚用得上车载船运五十石杨梅仁？莫非他认定童贯阖府上下连那些三寸金莲们都患上了脚气？

家乡的杨梅，对我来说，不只是红红紫紫的色，酸酸甜甜的味，杨梅是吴娃越女，风雨故人……

（2013 年 6 月 9 日）

洋芋情

鲜于筝

超市里最便宜的蔬菜要数洋芋和胡萝卜，而且一年四季不断档。洋芋是我们家的常客，一个星期总有一两顿早餐吃洋芋玉米糊。一锅玉米糊，像金色池塘，洋芋离离如白石点缀其中。有时候家里来了客人，请吃饭，缺个素菜，就炒洋芋丝：洋芋切成细丝，配两个青辣椒也切作细丝，炒成，滴上几滴花椒油，端到桌上，清清白白，窈窈窕窕，带着原野上飘来的细细的香。

洋芋，小时候我们都叫它洋山芋，个儿也就是乒乓球、鸡蛋大小。也许江南水土不宜，农村很少种，菜场上也难得见。后来到北京上学，听人说土豆，不知何所指，后来才明白，原来就是洋山芋！于是我也跟着称土豆。

洋芋，学名马铃薯，原产南美秘鲁—玻利维亚的安第斯山地区，16 世纪西班牙人把马铃薯引种到欧洲，17 世纪末它成为爱尔兰的主要粮食作物。到 18 世纪末，已是欧洲大陆国家（尤其德国）和英格兰西部的主要作物，并且继续向东西两半球扩展。1845 年和 1846 年欧洲爆发马铃薯晚疫病，爱尔兰的马铃薯收成遭灭顶之灾，接踵而来的是大饥荒，近百万人饿死，数百万移民逃来美洲，这也是为什么美国的爱尔兰移民很多的原因。马铃薯书写了一页历史。

我到新疆是 1962 年 10 月，发现新疆人不把马铃薯叫土豆，而是叫洋芋。于是我也叫洋芋，直到如今，即使在北京，我还是叫洋芋。1962 年，困难时期算是过了，但仍觉吃不饱。好在街上有洋芋卖，0.25 元一公斤，买上一小袋，堆墙角，夜里捡几个放水里一煮。冬天，屋子里有洋炉，火是现成的。皮裂纹了，也就熟了。撕了皮，慢慢吃，一边翻着书，在油灯下，只觉得，人生在世，有书有洋芋，又得此宁静，夫复何求？

我教书所在的奇台县产的洋芋远近闻名。学校自己也种，从开沟下种、浇灌到挖土收成。1972 年妻子从石河子调到奇台县，我算是有了个家，有了家就不能再吃食堂了，要自己做饭，柴米油盐酱醋茶好办，难的是菜。10 月，初雪一过，就要准备储存够半年吃的冬菜：洋芋、白菜、胡萝卜、大葱。洋芋为主。学校联系生产队拉来洋芋，分售给教师。我们两口不下 100 公斤，运入菜窖。三捆大葱撂小厨房顶上让它冻成翡翠棒。白菜不好储存，除非腌制酸菜，所以买得不多，10 棵够了，胡萝卜四五公斤，全数下窖。这就是一冬的菜，要吃到来年五六月。洋芋几乎每天都吃，倒也没有听谁说吃出厌烦来。如今和妻子进纽约的中国超市买菜，品类纷呈，反倒有不知买什么好的感觉。可见选择多也不见得好。

每天吃洋芋，就吃出了花样。新疆当地人能把洋芋拾掇出不少佳肴来。我最难忘的是拔丝洋芋和洋芋丸子。在新疆我也学做过拔丝洋芋，统统失败，掌握不好窍门，只一次勉强拔出像样的丝来，那是碰上的。洋芋丸子花色很多，有的做成杏儿模样，一式滚圆，上到桌面都以为是搓的南瓜糯米团子，咬下去才知道是洋芋丸子，中间还包着豆沙。油炸洋芋丸子已经不稀罕了，有一回在奇台进修学校的牛主任家里，牛主任一定让留下吃洋芋丸子汤，他婆姨（老婆）笑眯眯地动手做了，不到20分钟，一大碗洋芋丸子粉条汤端来了。丸子比桂圆稍大，圆圆的，包着透明神秘的薄膜，里面有洋芋、肉末、葱末，清清爽爽，味道鲜美。就此念念不忘。来美国以后，我试着做过，关键是外面包的薄膜，我想一定是裹的菱粉之类的，然而没有成功，入汤就散了。

（2013年7月7日）

罗勒酱和哥伦布远航

穆　青

十多年前，有一次凌晨搭火车，从比萨去米兰。

车上有个胖姑娘，缠着我练习英文。她提议，你一会儿跟我一起在热那亚下车吧，下午再去米兰。就这么，我居然逛了一趟热那亚。现在回想起来，只记得一样东西：Pesto alla Genovese，热那亚罗勒青酱。罗勒酱早已传遍全世界，本身不是个新鲜事物。是买原料和制作的过程，令我难忘。

蘸酱是最不做作，也最不分阶层的一种饮食。全世界的蘸酱皆如此。其实，但凡真正好吃的食物，都一定是不做作的。

我这会儿已经开始喜欢上了胖姑娘，她也停止了抱怨女友，更没有再提热那亚，因为我们已经在这儿了。可我日后却落下了一个十几年的后遗症，到现在说起“热那亚”这词，还是她的口音。她并没有征求我的意见，便把我领去了菜市场，去买罗勒叶。

罗勒叶状如茶勺，绿如翡翠，气味浓郁，叶片上轻轻一拂，满手都香。她说叶子不能太大，这个道理我懂，我爸总是说“斤鸡寸鱼马蹄鳖”，这是好吃的标准。可惜昂格鲁－撒克逊人不懂这套，英语国家的食材多数大正方圆，既缺乏形式上的美感，更少了味觉上的精妙。

我冒失地拎着几把罗勒叶算作礼物，去了她家。上了好长一个坡，她家在坡顶。家里只有父母，她说弟弟在上高中，中午不回来。从露台上望出去，中世纪的狭窄街道像迷宫一样，而整个城市似乎有一种向心力，朝着大海的方向。

她妈妈说，罗勒酱里面加什么果仁，没有标准，家里有什么就用什么：松子、核桃、杏仁；甚至加哪种干酪也不拘泥。不能缺的只有三样，前两样我理解：新鲜罗勒叶和橄榄油，第三样我有些犯嘀咕，兑窝，还是必需的。

先捣干果仁，然后往里面加罗勒叶，捣得胳膊酸软的时候，她妈妈说："知道了吧，这就像你在耐心地说服罗勒叶，把她的香味释放出来。"这句话，胖姑娘用蹩脚的英语，直接翻译出来，别有风味，我像罗勒叶一样，被说服了。

回家买兑窝。

罗勒叶和干果仁捣茸后，是一块砖头般的帕玛森干奶酪，用叉子轻轻擦出的粉末，飞扬着落进兑窝，再一边搅拌一边缓缓倒入橄榄油。罗勒酱就做成了，莹绿的翡翠色中，间杂着乳白色粉末，那是干果的油润，通过橄榄油融合在一起，飘出来的香气，虽浓郁，却让你分明地感到，就是这个家、这个地方的味道。我往常会加盐和胡椒调味，大概那些罗勒叶被电动机器30秒钟搞定，心里并不服，一生气便让那最馥郁的香气消散于无形。

而这些被说服的叶子却不一样，什么也不用加。

还记得的一种叫trofie的意大利面，一截一截的圆面条，模样不登大雅之堂，顶多叫质朴吧，好像每一把面里最后剩下的残次品。据说，在利古里亚地区，这是最经典的搭配。把方才被说服的罗勒酱与刚煮好的trofie拌匀，就着Colline di Levanto白葡萄酒。坐在露台上，风从海的方向吹过来，刮到坡顶，腥气已经散尽，罗勒酱均匀而牢牢地粘在每一截面条上，trofie嫩滑而筋道，罗勒叶的香气被热气一喷，竞相散放。

对本地名人神乎其神地演绎，是招待远客饭桌上的常见话题。不出所料，她爸酝酿了一会儿，开始说哥伦布，还有罗勒酱在发现美洲的远航途中的作用。

话说哥伦布的罗勒酱叫作阿利雅他（agliata），以大蒜为底子，消毒、防坏死病、解馋充饥、消乡愁，多功能。

罗勒酱，简直就是发现美洲大陆的能量来源。

（2016年5月15日）

闲话金陵鸭

朱小棣

俗语说，一方水土养一方人。不过也许应该说是“一方食物养一方人”，才更为准确精当。食物之养人，那可真是让所有远方的游子，不折不扣地“牵肠挂肚”、梦回萦绕了。金陵古地，亦概莫能外。外地人到南京，稍有一些学养的，大致都会像朱自清那样，感慨地说什么，“逛南京像逛古董铺子”，无非是赞扬一通这座古都的六朝烟水气。其实，这是典型非南京人说的话。

而一个道地的南京人，若是后来离开了南京，必定是“全然忘本”，身在“福”中不知“福”，很少会去记挂那些虚无缥缈中的南朝四百八十寺，却在所难免地要把那“盐水鸭”“咸板鸭”“烧鸭、烧鹅”和“香肚”以及“芦蒿”等各种各样的时鲜素菜，永挂心怀了，恰如我那同乡金陵前辈作家叶灵凤笔底所记，一任走尽天涯。

有些事，或许属于常识，但在我这样孤陋寡闻的人眼里，却时常带有新鲜感，甚至会在我读闲书时引发小小的诧异。例如，对于诞生过茅盾、丰子恺、钱君匋等文化名人的浙江桐乡，我怎样都不会想到，其引发乡情的地方小吃，居然是羊肉面，这种大多数人都以为是西北特色的美食，至少有羊肉泡馍的名声在那里“如雷贯耳”嘛。由此可见，由地方风味小吃和美食入手，来分析揣摩和判断划分各地人们的个性特征，也是一件不大靠谱的事。若是把西北风和羊肉画了等号，以为是羊肉造就了西北汉子的独特个性，那又如何能够解释这江南桐乡的风土人情，及其饮食来源与根由呢。

其实，或许反过来观察推导，倒还真有些靠谱，不大脱离实际。也就是说，一方人物性格的特点，往往决定了当地美食的特征，甚至可以用来象征这一方水土的人物个性。君不见，朴实无华的南京人，就根本没有想到过，要给金陵盐水鸭，加染上任何诱人的颜色。它就那么光不溜秋、白里吧唧地展现在世人的面前。你爱不爱吃拉倒，丝毫没有故意要吊你胃口的意思。所以应该说，是不喜欢刻意装扮自己的南京人，造就了雪白粉嫩、无饰天然的金陵盐水鸭，而不是因为盐水鸭吃多了，才养成南京人的普遍个性。当然，也不是每只鸭子都做得那样干净整洁。我就有一位外地亲戚，多年前因为第一次看见鸭脖子上存有尚未去净的黑毛，竟然吓得愣是没敢下筷子。

真正能够体现和代表南京人性格的，则是远近闻名的咸板鸭，生硬、干涩、顽固不化。实心实意，不带水分。红是红，白是白，泾渭分明。没有虚，只有实，铁板一块。说到底，真正能够欣赏南京咸板鸭的，还是南京人自己。外地人慕名而来，载鸭而去，回家煮熟了往嘴里一放，乖乖隆的咚，咸得不能下咽。但是说来也怪，尽管咸得不敢恭维，外地人少有取笑的，最多下次不买就是。正如“南京大萝卜”这句口头禅，绝少从外地人口中说出来取笑南京人，倒是南京人自己，经常挂在嘴边，聊以自嘲。而自嘲的口吻中，并无百般无奈，倒有几分孤芳自赏。咸板鸭亦如此，你们不喜欢就不喜欢吧，老子爱吃就行。在这种固执的高傲中，其实是有几分底气的，因为过去咸板鸭是被称为“贡鸭”的。一个“贡”字，平添几分官卖的高贵。南京人的底气中，的确也透着几分六朝古都的骄傲。

另一个被加上“贡”字的南京地方特产，是“贡缎”。说起来，与我祖上还有点儿关系。我的外祖父和外祖母，当年各自的家里，清末民初都是金陵城内有名的缎商。当时最有名气的几家缎业商号是：魏广兴、于启泰、杨义隆，还有一个张茂丰。杨家的大闺女嫁给了于家，张茂丰铺子里的三小姐嫁给了杨义隆商行里的三公子（也就是我的外婆和外公），而魏家的一位小姐则嫁给了我外婆的弟弟。可见你中有我，我中有你，一损俱损，一荣俱荣。不过几家中只有魏家有人当过翰林，在朝中为官，算是红顶商人。而于启泰绸缎店的店主于恩绂，则于1911年捐款，与人共同筹建了南京最早的红十字会。

作为南京人的后裔，我自从20世纪80年代后期出国后，大约有整整7年之久，没有尝过南京鸭。可以说，口中差点儿“淡出鸟来”。后来有位老同学传教自制盐水鸭的秘方，如获至宝，依法炮制，手艺日精。七八年前，我的外甥女吴姗来到好莱坞，替江苏电视台在当地大剧院里主持春节晚会。完事后又赶来波士顿看我，见我年夜饭的桌上有盐水鸭，大为诧异。品尝之后的结论是，除了韩复兴、马祥兴等几家老字号，大多数商家的盐水鸭，恐怕都还敌不过我的家庭自制。因为她也是道地的南京人，我当然也就相信她此言不虚。心中刚要自鸣得意，不料她接着又说，这些年到处都是盐水鸭，几乎天天都吃，简直都有点儿吃腻了。我这才在心里暗自打鼓，后悔应该改用美式牛排来招待她，方才不误她千里迢迢之行。

后来我每次回国，当然也都要不失时机地去点食盐水鸭、采购咸板鸭。慢慢地，我也真从市面上悟出了一点道理。诚如我外甥女所言，如今盐水鸭早已遍地都是，真的成了寻常百姓的下饭小菜。而我呢，无论自制盐水鸭的功夫如何日益精粹，依然止不住对故乡金陵的关切和思念。

（2013 年 6 月 16 日）

二

美国故事

美国国会选区

蔡维忠

2000 年，奥巴马任伊利诺伊州州级官（州议会参议员），想晋升国级，出来与巴比·拉什争夺联邦众议员席位。在初选中，奥巴马以获得 31%选票对 62%惨败。奥巴马与拉什都是黑人，同属民主党，都住在第一选区，那是芝加哥的黑人选区。拉什有雄厚的黑人基础，奥巴马则是外来人，而且毕业于哈佛，当过律师、大学教师，属于精英阶层，很难插进黑人区与拉什竞争。

拉什自1993年当上联邦众议员，到现在都一直稳坐那把交椅，牢不可撼。他是世上唯一在竞选中打败过奥巴马的人，这个纪录没人破过。

2001年，拉什继续当他的国级官，奥巴马当他的州级官，两人的眼光却都已经瞄准了下次竞选。全国人口普查后，国会选区得根据人口变化重新划分。民主党掌控选区划分。在划分过程中，奥巴马发现他的住家被划出了第一选区。拉什办公室指出此事与他无关，因为他作为联邦众议员，无权参与划区，奥巴马则认为这是拉什干涉的结果。

当时奥巴马对社区报纸《海德公园先锋报》抱怨："拉什所做的事并非他的独创，立法官员为了自己的官途而圈定选区……美国的重新划分选区制度让代表选择选民，而不是选民选择代表。这是玩政治。"

此话深刻，揭示了美国政治运作的反常规则。

奥巴马并不抗争。他跑到负责划分选区的民主党顾问那里，为自己划出一片天地。他的住家原位于第一选区东边的边缘，选区的边界在他家东边。重划区后，第一选区的边界在他家西边，他在新选区了。这样挺好，因为奥巴马在第一选区竞争不过拉什。他的新选区，仍然有很多黑人，还包括了芝加哥市区一片富裕区，让他今后筹款更有基础。

这就是玩政治，奥巴马懂得怎么玩。他的志向不在于当个众议员，懒得跟拉什争。其后，他直取联邦参议院（2005 年），随后进军白宫（2009 年），还搬回第一选区。

奥巴马和拉什隔空过招，属于党内纠纷。对外，民主党通过重划选区，在伊利诺伊州选举中占了不少便宜。不过，通过重划选区为本党挣得优势，共和党在全国范围内更占便宜，得克萨斯州便是典型的例子。

共和党于 2003 年取得得州控制权，开始通过重划选区针对民主党进行大清洗。得州已经于 2001 年重划选区，只不过因为两党相持不下，选区没有大改动。所以 2003 年的重划选区颇受争议，部分选区后来被最高法院判为无效。共和党将 10 个民主党联邦众议员的选区进行大改动，使得他们失去选民根基。例如，斯登霍姆是个连任13届的老资格众议员。重划选区后，他原来的选区被劈成四块，他的住家被归入共和党占多数的第十九选区。他在2004年选举中输掉了。又如，弗罗斯特众议员的住家被划入共和党的大本营第六选区，迫使他把家搬到新划的第三十二选区。结果他还是难逃厄运，输了选举。通过重划选区，得克萨斯州在联邦众议院共和党对民主党席位从15∶17的劣势转为21∶11的优势，虽然选民还是那些选民。

2016年1月，曾亲自参与重划选区的奥巴马总统在国情咨文演讲时呼吁："我们必须终止那种导致由政治人物挑选选民，而不是选民挑选政治人物的划分国会选区的做法。"

（2016年6月12日）

死牢31年

蔡维忠

莱斯特·鲍尔是个推销员，喜爱户外活动。他想开超轻型飞机，遭到妻子坚决反对，她担心他体重超重，超轻型飞机载不动他。1983年10月8日，鲍尔骗妻子说要去打猎，开车来到得克萨斯州达拉斯南边的一个农庄，以4500美元向农庄主人鲍勃·泰特买了一架超轻型飞机。他付了3000美元现款，其余的1500美元打了借条。当时在场的还有泰特的朋友——治安官古德和室内设计师布朗。他们帮鲍尔把飞机拆散，然后鲍尔将拆散的飞机部件载走。这是鲍尔所讲述的经过。

那天晚上，泰特的太太到农庄找泰特，在飞机库入口处的地上发现前警官梅斯的尸体，赶紧报警。警察在飞机库内还找到泰特、古德、布朗，他们都是被枪杀的，尸体用地毯盖着。鲍尔一直没有告诉妻子他去过飞机库，并在看到凶杀报道后没有告诉任何人。直到1984年1月，侦探人员在鲍尔给古德打电话的记录上找到他，并从他家里找到了飞机的部件。

此案没有任何直接证据，全凭间接证据定案。鲍尔对侦探人员隐瞒了他去过飞机库这个事实，虽然他后来承认，并称当他离开时，飞机库里的人还活得好好的。他解释，因为不愿意和案件扯上关系，于是将错就错，就一直瞒下来了。这个故意隐瞒成了重大的不利证据。还有，在现场发现11个手枪弹壳，联邦调查局称这是一种极其少见的类型（后来鲍尔律师称手枪弹壳其实比较常见），而鲍尔曾买过这种子弹。杀人的手枪没找到。另一条证据是鲍尔无法出示买飞机的收据，受害人身上也没有发现他声称所付的钱款。检察官称他的杀人动机是偷飞机，鲍尔因此在1984年被判死刑。

鲍尔一直坚称他没有杀人。

6年后，在1989年，有位女子（代号珍珠）读了鲍尔将被处死的报道后，与他的律师取得联系。珍珠称，泰特等四人是被来自邻近俄克拉何马州的四个毒贩杀害。其中一个是她前男朋友林，林常做噩梦，梦见受害人睁眼瞪着他。此外，还有3个其他证人。其中一个毒贩莱基得了癌症死去，他的妻子作证，称听过莱基和同伙谈论此凶杀事件。莱基的儿子作证，说莱基在被诊断得了癌症后，承认他在凶杀现场。第四个证人叫唐纳吉，他曾经和莱基一起工作和居住过，他称莱基向他坦白，莱基到飞机库找毒品，碰到了三个人，只好把他们杀了，后来又进来一个人，也把他杀了。

这些证人的证词互相印证，大同小异，细节上有些不同。检察官则抓住细节找破绽。最后，上诉法官法伦于2012年12月宣布，“这些被告的新证据可能会在初审导致不同的审判结果，但是没有明确而令人信服的证据证明被告清白”。

美国上诉法庭主要审理初审是否有失误。初审时没有这些新证据，所以不能说初审有误。如果要推翻初审判决，需要非常过硬的证据，如在现场找到凶手的DNA，或者凶手出来坦白。鲍尔的律师无法找到这样过硬的证据。就这样，上诉法庭的法官在一番自相矛盾的说辞中，把鲍尔又送回死牢。

鲍尔争取重审被上诉法庭和最高法院拒绝，他在抗争了31年后还是于2015年6月3日被注射处死。泰特等4人的受害人家属早就盼望这一天的来临，而鲍尔的妻子则一直坚信鲍尔是无罪的。

费了31年，应当说法律给了鲍尔许多机会，但没有让人口服心服。无辜的人可能就这样含冤死去。此案虽然在法律上了结了，但在舆论中却还是悬案。

（2016年4月10日）

州官送外卖

蔡维忠

拿破仑·哈里斯今年37岁，是伊利诺伊州议会的黑人参议员，就像奥巴马当上联邦参议员和总统前，也是这个职位的州官。他也像奥巴马一样意在联邦参议员宝座，只是在2016年初选中出师不利，被淘汰下来。不过没关系，奥巴马当年也是在初次竞选联邦众议员中马失前蹄。

现在，哈里斯没机会竞选了，就有了多余时间，可以安心挣些外快了。哈里斯是州级官员，一年的基本工资是67836美元；如果参加议会活动，每天加111美元。这样，他大概每年可以从政府那儿挣得八九万美元，不算多。他开了两家比萨饼店，这就是外快的来源了。2016年9月6日晚上，他在位于芝加哥南郊的店里看店。快关门时，他让外卖郎回家，自己在店里坐镇。恰好有人打电话订外卖，他便当起外卖郎，开车送比萨饼去了。

哈里斯开车把比萨饼送到指定的地址，他事先并不知道这是个没人住的房子，是个圈套。有个人在门廊等他，还有三个人藏在旁边的灌木丛后，都一起向他扑过来，要抢钱。没想到哈里斯不是普通的外卖郎。他身高1.9米，体重113公斤（250磅），曾在国家橄榄球联盟（NFL）属下的球队里当了好几年专职的后卫球员。橄榄球是撞击运动，需要队员体重够分量，能撞击，能抗撞击。面对哈里斯的体格优势，四个歹徒对他一阵拳打脚踢，甚至扼喉，要置他于死地，他自巍然不动。

歹徒把吃奶的力气都使尽了，还是扳不倒他，只好开车逃跑。哈里斯开车紧追，追到一处木材场，逼得歹徒弃车潜逃。这伙歹徒的如意算盘是四对一，只赢不输，没想到碰上个临危不乱的州官，一个铜墙铁壁似的运动员，一个甩不掉的追击者，还丢下一个大罪证——汽车，真是亏大了。警察接到哈里斯的报告赶来，以这辆歹徒丢弃的车为线索，破了两个连环案。

几天前，乔治亚州居民琼斯失踪。琼斯是同性恋者，凶犯利用社交网络，以交友为诱饵，引他见面，将他绑架，然后拿他的银行卡和密码去取钱，最终将他杀害。警察已发现他的尸体，正在调查。袭击哈里斯的4个歹徒丢下的正是琼斯的车，车上还有琼斯的血迹。

警察根据哈里斯的描述，很快锁定嫌疑人。其中两个分别是马利克·梅耶和史蒂芬·克劳，他们被哈里斯追赶后，从芝加哥逃出，乘汽车南下乔治亚，一下车就在大屏幕上看见自己的尊容，觉得大势已去，只好投案。还有一个家伙叫劳伦斯·海因斯，是动手杀害琼斯的凶手，也是走投无路，早早就为今后的辩护做好了准备，住进精神病院里去，等警察来抓。最后一个是未成年人，也已经在警察的掌控之中。

海因斯还是另一个案件的凶手。他和另一个同伙，在爱荷华州将受害人诱至一个 18 岁的少女住处，将他击昏。他们抢了他的钱，并把他绑起来折磨。受害人趁罪犯睡觉时从二楼窗户逃走，捡了一条命。海因斯被抓了，此案至此一并告破。

哈里斯帮警察破了两个连环案，为此获得了不少赞扬，有人说他应当竞选芝加哥市长。当不上联邦参议员，当个大都市的市长也很风光啊。

（2016 年 11 月 20 日）

科学怪人

蔡维忠

1985 年的一个夜晚，卡里·穆利斯博士到旧金山郊外的一个小屋过夜。在走出小屋准备上厕所的小路上，他看见一只身上发光、浣熊模样的东西跟他打招呼："晚上好，博士。"他答应了一声，然后就不知道发生什么事了。直到第二天早晨，他才发现自己走在通往山上的路上。至于他怎么会走在这条路上，他毫无记忆。

这是穆利斯写在书里的亲身经历。这种经历类似别人声称的被外星人劫持的事件，听者一般当成奇闻怪事，付之一笑。可穆利斯不是一般人，他是个科学家，而且是非常著名的科学家。就在两年前，在开车前往小屋的路上，他构思了一个想法，导致了一项革命性的发明。这项叫作“聚合酶链式反应”的技术，能把一个 DNA 片段在几个小时内复制几亿倍。因为这项发明，他于 1993 年获得了科学界的殊誉——诺贝尔化学奖。

穆利斯从来不怕讲出格的话。如果说他被会说话的浣熊弄得失去一夜记忆的这件事别人爱信不信都没关系，那么他的其他言论则涉及重大的科学论题。比如，科学界普遍认为艾滋病是由病毒 HIV 所引起，他则认为那是个骗局。还有，科学界普遍认为人类活动引起全球变暖，他却持反对意见。

真理有时在少数人手里。那么，穆利斯有没有可能是持有真理的少数人呢？全球变暖现在是个争议性极大的话题。由于全球变暖涉及整个地球，不可能用实验来证实。由于全球变暖问题影响到企业和国家的利益，现在有很多人强烈反对。但是，关于艾滋病病毒，是可以验证的。科学家们将艾滋病病毒鉴定后，开发出抑制该病病毒的药物，用这些药物治疗病人，使得本来没有存活希望的艾滋病病人得以生存，过上正常的生活。如此，便毫无疑义地验证了病毒引起艾滋病的理论。

虽然说科学上的争论是很正常的事，但是，关于艾滋病病毒的争论却导致很严重的后果。穆利斯支持身为美国科学院院士的分子生物学家——迪斯贝格博士的否定艾滋病病毒致病的观点，还专门为迪斯贝格的书《发明艾滋病毒》写了序言。病毒是自然之物，只能发现，不可发明。“发明病毒”等于说病毒是捏造出来的。2000 年，迪斯贝格任南非总统姆贝基的科学顾问时，南非政府接受他的理论，采取反对针对艾滋病病毒治疗病人的政策。后来的研究表明，该政策导致 33 万人死亡。美国有人因此提出要追究迪斯贝格博士在这方面的责任。

穆利斯不是生物学家，没人来追究他否认艾滋病病毒的责任。他不是气候学家，他否定全球变暖的观点也没得到科学家们的支持。科学家们在这些领域把他当成外行，扒拉到一边。

科学家在大众文化中常常被描写成怪人，其实大多并非如此。笔者理科出身，在哈佛大学深造多年，见过多名诺贝尔奖得主和许多杰出的科学家。他们都是把精力投入到非常严肃的科研里，平常讲话则是思路敏捷，条理清晰，绝无怪状。在科学家中，穆利斯是个另类，他倒是无愧于“科学怪人”的称号。他说他被浣熊弄得失忆，他坦言相信占星术，他认为服用致幻剂LSD使得他思路开阔。

还有，他喜欢和科学界对着干，唱反调。这种反主流、反权威的个性，可能使得他想出别人想不到的主意，发明别人发明不出来的技术。虽然他跟科学界对着干，但是科学界乃至整个人类都在享用他的革命性发明成果。

（2014年8月10日）

魂　伤

蔡维忠

2010 年，美国海军陆战队上尉蒂莫西·工藤在阿富汗服役。有一天，他的连队发现有两个人骑着摩托车，不理会警告，一边扫射一边向他们冲过来。他的战友反击，把两人打死了。事后发现，这两人是少年，大概是没听见或听不懂警告，手里拿着的不是枪而是棍子，而看似喷火的枪口可能是摩托车反光。总之，他们误杀了两个阿富汗平民少年。

在生死关头，他的战友开枪自卫，似乎无可非议。但是10多年过去了，蒂莫西还是无法忘掉这两个少年，尽管他们不是他开枪打死的。不管何时何地，他一直都在想着这件事，白日心神不宁，夜里辗转反侧，阴影无时无刻不伴随着他。

“我有两个看似相互矛盾的信念：杀人不对，但在战争中，有必要杀人。事情怎么可以是既不道德又是不可避免的呢？”蒂莫西作为军人，早就知道他的任务是什么。在战场上，他没有时间去思考是非问题。但回到和平的环境中，他越来越觉得他的道德信念受到侵犯。

从阿富汗和伊拉克战场回来的许多美国军人，都有类似经历。在这两个国家，敌方的正规军不堪一击，战争以非正规方式进行，抵抗力量混在平民中间。因此，打死平民或者身份不明的人是常见的事儿。比如，美军某连队受到敌人狙击手攻击，只好开枪把狙击手打死。而那个狙击手胸前还挂着一个婴儿，婴儿也被打死了。又比如，美军狙击手用望远镜观察到有人在路边挖坑，可能是在埋炸弹，指挥员便下令开枪。只是开枪的狙击手距离嫌疑人有一段距离，不一定很肯定那人确实在埋炸弹，而指挥员在两英里外，只凭下级的报告做决定。很多经历过或目睹过平民被杀的美国军人都觉得他们的行为与根深蒂固的道德信念相违背。

最近，研究者和心理医生开始对这群人重视起来，发现他们得的不是普通的心理疾病，而是与道德信念有关的病。这种病不属于任何已知的医学范畴。于是，根据全新的研究，这种心理病被称为道德损伤。道德损伤是指因为自己的作为或者无作为，使核心道德信念受到侵犯，从而引起心理失调。这种伤不同于失恋或失去亲人那样的心伤，而是灵魂受伤，即魂伤。在这个以基督教为主体的国家，几乎所有的人都知道圣经上有句名言："你不可杀人。"其他文明也有类似的道德信念。觉得欠了血债，便是魂伤的根源。

魂伤病人深感负罪而无法自拔，觉得必须通过受惩罚来补救。他们容易自伤，容易自杀。在参加阿富汗和伊拉克战争的军人中，自杀的人比死于敌军枪口的人还多，估计其中很多是因为魂伤的缘故。

军方不愿意看到魂伤，认为这是软弱的表现。不过，从另一方面看，他们的道德标准可能是太高、太牢固了，无法降低下来与战争的现实妥协，无法承受战争的后果。为此，他们的灵魂一直在受着折磨。

魂伤，还没有有效的治疗方法。心病终需心药治，魂伤也需魂药治。研究者觉得最有效的魂药大概是原谅。他们能得到原谅吗？蒂莫西说："我无法原谅自己，而能原谅我的人已经死了。"

（2013 年 9 月 29 日）

垃圾处理份额

陈　九

纽约市议会目前正讨论一个议案，拟重新调整纽约市垃圾处理地，把当下由布碌仑北区、哈林区、布朗士南区日处理垃圾量由当前80%降至65%，将余下的15%垃圾份额移至富人区处理。理由是人人平等，富人既然排放垃圾，就应有自己的“垃圾处理份额”。

先解释一下。所说的垃圾处理并非燃烧或掩埋，而是运输，即建立码头运输站，由卡车将垃圾运达此地装船，再转送其他地方，比如宾夕法尼亚州做最终处理。目前，纽约市有三大垃圾运输站，一个在布碌仑北区，一个在布朗士南区，再有一个就在曼哈顿东侧的哈林区，都是典型的穷人聚居地，主要人口为黑人和西语裔。

纽约在这些地方运送垃圾已多年。垃圾运输造成的最大问题是污染。卡车燃烧柴油，排放的尾气味道难闻而且有害。每天运送垃圾的卡车无休止地通过那里的居民区，污染给居民带来的后果是灾难性的。据纽约卫生局统计，全市哮喘病发病率60%多是来自那3个区域。于是日久天长官逼民反，人们也是忍无可忍才最终导致这个议案的产生。10月8日，成千上万的人要求市议员投票通过这一法案。领头者听说是个叫李文的犹太裔市议员，李文是犹太大姓，来自古老的犹太十二大部落。

犹太人是纽约最有势力的族群。尽管如此，由李文领军的这场变换垃圾处理地“运动”能否成功仍前途未卜。哪个富人区肯答应建立垃圾转运站？这不是生活质量问题，这是要人命的问题。如果建立垃圾转运站，那里的房地产必然大幅降价，房地产是富人和中产阶级的主要财产构成，突然间他们的财产缩水一半甚至更多，突然间大量穷人涌入该区域，这对他们来说与世界末日毫无区别，他们一定会动用全部力量奋起反抗。他们也有代表他们的议员和政客，其数量未必比那些穷人区少，市议会的这场较量将是刀枪剑戟斧钺钩叉，后果难料。

很明显，纽约市的垃圾处理现状是不公平的。那么纽约将如何处理这场垃圾纷争呢？根据以往经验，这场垃圾之争的最后结果将是选择新的垃圾转运站，不会在富人区，而是在人口较稀疏的某些区域，人少力量就小，就这么简单。而且所谓降低15%运输量也只是书面上的，没人监督，也无法监督，实际运作肯定达不到。

（2014年12月20日）

归去来

蔡维忠

2016 年 7 月下旬的周末，在南加州风景秀丽的月亮谷小镇，贝琪·戴维斯邀请了三十几位朋友，举行了一场别有意味的告别聚会。她要在充满笑声和欢庆的典礼中告别人生。

贝琪 41 岁，是个很有才华的艺术家。3 年前，她不幸被诊断患了运动神经细胞病（简称 ALS）。此病为绝症，症状为神经功能逐渐退化，肌肉逐渐萎缩，直至呼吸困难而窒息死亡。正好在6月加州有一项法律生效，它允许医生开药帮末期病人结束生命。于是，她设计了一场名为“重生”的典礼，邀请纽约、芝加哥、加州等地的朋友前来参加。邀请信上说：“你们来把送我上旅程，你们都很勇敢。我不设规则，穿你们想穿的衣服，说你们想说的话，跳舞，蹦跶，咏诵，唱歌，祈祷，但不要在我面前哭。哦，那算是一条规则吧。”

贝琪在这个周末里尽情和亲友们欢庆。他们一起吃她喜欢的比萨饼、玉米粉蒸肉，看她喜欢的电影，还有人拉提琴，有人吹口琴。她让朋友们穿上她的衣服，轮流当模特，表演服装秀。有的男士将她的衣服套在自己的身上，引来阵阵笑声。贝琪满脸笑容躺在床上，欣赏着这一切。然后她坐上一辆新款的小车，来到附近山坡上。朋友们告别了她，等在山坡下，她则在父亲、妹妹和医生的陪伴下，在夕阳的光芒中，饮下终止生命的药水。

贝琪让我思索，人怎样面对死亡呢？

应该有一种信号叫生存。在提姆·奥布莱恩的小说

《士兵的重负》中，有一段面对死亡的场面：一个越战士兵和生死与共的战友定下契约，如果两人中有一人受了重伤，导致残疾，另一个要设法替他结束生命。他们都视死如归，但不能忍受一辈子困在轮椅上。当他被炸断腿后，战友来探望时，他害怕了。他对战友说："别杀我！"过一会儿，他又叮咛一句："别杀我！"生存的欲望太强烈了。时候不到，人绝不轻易放弃。

还应该有一种信号叫死亡。家中有位长辈，九十几岁高龄，神志清醒，要求睡到棺木边，当晚就睡过去了。我想，时间一到，人的机体会发出信号，告诉生命应该结束了。这时，生命会心甘情愿地、毫无恐惧地接受，然后平和地离开这个世界。这个信号也许很简单，可能就是衰竭，不能维持生命了。

我原以为，人能够带着没有痛苦、怨恨的平和心情离开这个世界，那应当是难得的福分。但是，贝琪为我们创造了另一种模式，那是享受生命到最后一刻，带着快乐离开这个世界。人如果还在享受快乐，机体怎么会送出死亡信号呢？严格地讲，她还没有到达完全衰竭的地步。她是有意识地给自己送信号，这是有灵性（spirituality）的人送出的信号。

在西方，有灵性一般是指有信仰，但是贝琪的典礼中没有明显的宗教痕迹。她在网站上留下一些艺术作品，我从中看到她对生命的感受和思考，看到了灵性。其中有个系列作品，题为《炼金术》，是用金属、灰烬、沙、煤等配制的涂料画成的六幅图画。她在前言中讲解了炼金术的七个步骤，从第一步将藏在心灵深处的感情和欲望袒露出来，到第六步以真爱脱离物质世界，最后到第七步平衡光与暗、统一灵与肉。她为前六步各画了一幅抽象风格的画，但没有为第七步配画。我想，第七步不是画，而是行为艺术，必须在夕阳照射下完成。

（2016 年 9 月 25 日）

小正义

蔡维忠

琳达·埃伯特在宾夕法尼亚州路泽恩郡经营一家农场。2005年，她的谷仓被两个少年歹徒放火烧毁，储藏在谷仓里的联合收割打谷机、拖拉机等机械也一并被烧毁，损失高达60万美元。法官将这两个少年判入拘留所监禁，并责令他们赔偿。琳达虽不指望少年真有能力赔偿损失，但她觉得正义至少在某种程度上得到了伸张。

几年以后，这两个纵火少年忽然成了受害人，罪名除掉，还可得到赔偿。不是因为他们没有犯罪，而是因为审判他们的法官犯罪了。

审判他们的法官名叫马克·恰瓦雷拉，他伙同麦克尔·科纳汉法官，在2000—2007年间，将许多少年判给两家私营拘留所管教，并从拘留所收取回扣。科纳汉法官下令将政府的拘留所关闭，另建私营拘留所，把管教生意让给私营企业做，政府出钱为管教买单。许多少年落到恰瓦雷拉法官手里，不管所犯的过错多么微不足道，都受到严厉的惩罚，被送进拘留所。恰瓦雷拉管辖的路泽恩郡的人口占宾夕法尼亚州人口的3%，他判处的监禁少年占全州总数的22%。为此，两名法官共收取200多万美元回扣。

丑闻曝光后，两名法官成了被告，恰瓦雷拉被判刑28年，科纳汉被判刑17.5年，拘留所的业主也进了监狱。正义得到了伸张。

可是，有多少少男少女的心灵已经遭受创伤，人生从此改变。有人自暴自弃，有人放弃学业，有人甚至自杀。宾夕法尼亚州州长埃德·伦德尔痛斥法官剥夺了多达6000年轻人的权利，极其过度地惩处他们，使得他们和家人的人生都受到不可逆转的改变。宾夕法尼亚州最高法院宣布，恰瓦雷拉法官审理过的6000多个案子（他当了二十几年法官）全都作废，那些被他惩处的少年全都可以得到赔偿。

这6000多人中是不是有人真正犯罪而受到应有的惩罚呢？有。那两个烧掉谷仓的少年就是。理论上，要甄别谁受冤枉，谁罪有应得，可以一个个重审。可是，重审将在许多无法缝合的伤口上再砍上一刀，那些受到不公正对待的受害者肯定不愿意被当成罪犯，再上一趟法庭。如果不一一审理，则永远无法甄别谁被冤枉。这是一个无法得到完满结果的困局。我想，宾夕法尼亚州高等法院将6000多个案子全部作废，是为了使社会免受一次创伤。

这样，烧掉琳达谷仓的少年不但不用为他们造成的损失赔偿，还可以得到赔偿，因为他们也被当成受害人了。可琳达是这两个所谓受害人的受害人啊！作为真正的受害人，琳达不能咽下这口气。对于她来说，正义被践踏了。

法治制度再怎么健全，社会也不可能达到理想的境界，复杂的事情常常难以得到完满的解决。人们可能觉得不可思议，同一个社会里怎么会有那么多人的想法大相径庭，观点针锋相对。也许，他们各有各的经历。

（2016 年 9 月 4 日）

冒名人

蔡维忠

1989 年秋天，普林斯顿大学迎来新生阿利西斯。他凭什么条件被这所美国顶尖高等学府录取了呢？他的 SAT 成绩是 1410 分，这个分数够格但不出众，许多分数比他高的，甚至满分 1600 的，都没有被录取。他的体育成绩优异，有多次比赛的报道为证，但这个也不能保证被录取。他说，他以天为房以地为床生活在大峡谷边，一边放羊一边研究哲学，他没上过学，全靠自学。这一项才不得了啊，普林斯顿要的是不世出的天才！本来他应该在1988年入学的，但他要求推迟一年，因为要照顾垂死的母亲。当然没有问题了，普林斯顿大学留了位子等他到第二年。

在普林斯顿大学，阿利西斯学习不用功，却能拿到A。他也不好好训练，却跑得飞快。教练觉得他能刷新2英里长跑的纪录，加以重点培养。同学们都自愧不如。人家是属于生而知之一类的，能和他比吗？他被邀请加入了常青藤俱乐部。只有普林斯顿精英中的精英才有资格加入常青藤俱乐部，美国前国务卿詹姆斯·贝克是其成员。阿利西斯属于贝克一类的精英，前途无量。

阿利西斯在普林斯顿的成就都是真的，只是他的前身有些假。他的真名是詹姆斯·霍格，父母健在，母亲没有要死。他之所以推迟一年上学，是因为他当时被关在监狱里。他不是18岁的应届生，而是年龄已经奔30了。他的假身份终于在一次运动会上被一个在耶鲁大学就读的前同学揭穿。

詹姆斯于1959年出生于肯塔基州的一个劳工阶

层家庭，高中成绩优秀，体育成绩优异，擅长长跑。1977年高中毕业后，他进入怀俄明大学，并参加大学的越野长跑队。大二时参加全国运动会的地区比赛，在250名参赛者中名列226名，很不理想。此后他便退学了。这样有天赋的人退学了，真让人觉得惋惜。

20世纪80年代初，詹姆斯到德克萨斯州重新上大学，最终没有毕业。他瞄上顶尖高校斯坦福大学，声称没有上过高中，但是人家斯坦福的录取官员没看出他的天才来，让他上完高中再来申请。于是在1985年，26岁的詹姆斯冒充17岁的杰·亨茨曼，在斯坦福大学街对面上了帕罗奥图高中。他照样在高中展示体育才能，但是不久后洛杉矶警方跟踪过来，要查他伪造支票的事，他只好离开。

此后，詹姆斯声称拥有斯坦福大学的博士学位，到科罗拉多州的一个专门训练世界级运动员的训练营，当起了长跑指导员。此事以被一个运动员揭穿而告终。此后，他住到一个自行车制造商那儿，偷了价值2万美元的自行车器材和工具，在犹他州被判刑5年。1989年，他假释出狱，来到普林斯顿上学，被以前在帕罗奥图高中的同学认出。他在假释期间离开犹他州是犯法的。

普林斯顿以后，詹姆斯多次因为偷窃、欺诈而入狱，到2012年得到假释。2016年，他在科罗拉多州阿斯彭滑雪胜地附近建了个窝棚，建筑材料是偷来的，建筑物也是非法的。他在警察前来询问时逃走了，窝棚随之被拆除。他在附近挖的地基也被发现。当警察得到举报在图书馆找到他时，他报了个假名。唉，都57岁了，还是故伎重演，一点儿没长进。

回顾人生，他真不该从怀俄明大学退学，这一退便是命运的重大转捩点，这辈子再没有赢的机会了。他的高峰在普林斯顿，以优秀成绩拿个常青藤学位绝对没问题，然后可以大有作为。只是，他无法摆脱自己的前身。前身不但是伪造的名字和欺骗的行为，还有定格了的人生轨道。

（2017年4月2日）

公 牛

穆 青

有说特朗普在大选前曾经出过几本书，如果真是这样，那么只有一个解释，他平时幼儿园大班的“小混蛋”形象，都是为了取悦他的选民——他所爱的“没文化的人”——装出来的。他一边撒着谎，一边以一个横冲直撞的公牛形象，砸烂文明世界这个精致的瓷器店。真——解气——啊！

特朗普总统最牛的一本书《交易的艺术》，其作者去年看见特朗普被党内提名……慢着，作者？那不是特朗普写的吗？真不是，作者叫托尼·西瓦茨。

西瓦茨如今早已弃文从商，几十年前为大亨代笔的事，本已渐渐从生活中淡去，直到2016年6月，特朗普获得党内提名，开始角逐总统。在提名结果公布后的讲演中，这本书作为他合格证明之一被提及，“我们需要一个懂得《交易的艺术》的领导者，一个写出了这本书的领导者。”

西瓦茨心想，那不是我吗？于是发了一条推特，谢谢特朗普的这个建议。这当然是玩笑话。西瓦茨想起了《纽约》杂志编辑科什纳的一句话：西瓦茨，你就是弗兰肯斯坦博士，创造出了一个怪物。

过去的几十年里，西瓦茨谨守代笔规矩，尽管他与特朗普朝夕相处了18个月，可以说除特朗普家人以外，他比任何人都更了解特朗普。但直到发出这条推特前，他从未对外界透露过关于特朗普的只言片语。当然我相信，他不肯说还有另外的原因，觉得这事丢脸。代笔本就不是件光彩的事，何况还是代这样的笔。用他自己的话说，写这本书，是给猪抹上了口红。

但是在观看一个45分钟时长的访谈过程时，他开始意识到有些事不对劲，这几十年间，特朗普似乎已经说服自己，渐渐相信，他自己就是那本书的作者。

“特朗普总统”，这一想象中的画面让西瓦茨不寒而栗，不是因为特朗普的什么思想或者意识形态，而是西瓦茨压根就不认为特朗普有那些东西。他怕的是特朗普的人格和个性——那种病态的躁动和自我中心。但是他还是对发声有顾虑，自己毕竟从那本书里得到了实惠，另外他的信誉和动机都会遭到质疑。

围观这次竞选的过程，对很多我认识的人而言，都是痛苦的经历，我相信对西瓦茨更甚。他知道，如果一直保持沉默，他一辈子也不会原谅自己——曾经为猪抹口红。他深深地担心，特朗普当选，会让一个文明结束。现在假设已经变成了事实。

西瓦茨写那本书之前，与特朗普打过一次交道。他当时是一名有影响力的青年媒体作者，就特朗普的一次不成功的租客搬迁，写过一篇报道。那文章意在向公众揭示“另一个唐纳德·特朗普”：一个笨手笨脚的商人，买下了中央公园南侧的一幢大楼后，未能麻利地把里边的租客搞定，动用了诸如把街上的流浪汉安置进去骚扰租客等手段，演了一出拙劣的闹剧。

最后让西瓦茨大跌眼镜的是，特朗普根本不介意，还用他特制的特朗普烫金便笺给他发来粉丝信，信里着重强调的是“所有人都读了”。在西瓦茨眼里，特朗普完全不属于他所认识的任何一种人类类型，痴迷于名声，不管那名声是什么。

再后来不久，西瓦茨受《花花公子》之托去采访他。可古怪的是，这一次特朗普却故作神秘，支支吾吾。但这神秘也没维持多久，特朗普就忍不住显摆：“我不能爆新料给你，因为我刚签了一本利益丰厚的书，自传，好料我得留着。”聊着聊着，西瓦茨说：“你太年轻，写自传还不是时候，不如写一本交易的艺术，可能人们更感兴趣。”特朗普一听，这主意妙，“你来写吧？”

这事让西瓦茨陷入了纠结。他知道这将是一桩浮士德交易，作为一个终生崇尚民主自由意识的知识分子，他不可能欣赏特朗普式的对利益的无止境无底线追求，“那是我一生中不多的几次，被魔鬼与心里更高尚的一面所割裂、折磨”。他出身曼哈顿的布尔乔亚知识阶层家庭，虽然一直上精英私立学校，但他家并不像他的大多数同学一样拥有大量的财富。此时的他，面临即将出生的第二个女儿，而曼哈顿小公寓的按揭已经让他不堪负荷，更不用说换一间舒适宽敞的大屋。“金钱可以给我和全家带来安全感”，这是他当时给自己的理由。西瓦茨把自己卖了，换了一笔横财。很快风声传出去，他就被人称为“前记者”，他断送了自己的文学梦，告别了他的文学英雄托马斯·沃尔夫、约翰·麦克菲，开始了粗劣的代笔生涯。

然而事情进展得不顺利，最大的障碍是，特朗普的注意力不能持续几分钟。如果是为杂志撰文，让他说几句夸张搞笑的滑稽段子，特朗普既配合也拿手。可是要写这本书就远远不够。

第一次约好了谈论他童年生活的细节，特朗普衣冠楚楚地坐了仅仅几分钟，便开始烦躁，坐立不安，“像一个不能在课堂上坐得住的幼儿园孩子”，回忆不起任何成长时期的任何事件。特朗普匆匆结束了这次访谈。

一周一周地过去，情况丝毫没有好转。西瓦茨只得缩短每一次的时间，增加谈话的次数，然而得到的都是些肤浅的碎片。

西瓦茨的写作计划毫无进展。于是他建议，随时跟着特朗普，从他的日常生活、工作交流中提取灵感。特朗普对这个计划十分欢迎，认为只要别逮着他问问题，你跟着他，报道他，怎么都行，他没有隐私，越多人围观他，他越来劲。于是，西瓦茨天天坐在特朗普八尺外的地方，观察他，听他跟生意伙伴打电话，有时谄媚，有时霸道，有时生气。特朗普对这种被注视下的生活特别满意，如果有30万人来围观，他可能会更开心。

这一跟踪加偷窥、偷听计划，解决了采访的难题，但新问题出现了。每次听完他的某一个电话，西瓦茨会向他做一个粗略的跟踪了解，然后再给对方去一个电话，以获取更多素材。然而与对方沟通后得到的内容，基本上与特朗普所说的恰恰相反。“撒谎是他的天性。

我所见过的任何一个人都不及他，他可以随时说服自己，他说的一切都是事实，或者是某种程度上的事实，最不济，也应该是事实。”

当西瓦茨终于开始动笔写《交易的艺术》时，他意识到，需要在特朗普与现实之间连接一个虚妄的表面，冠上一个冠冕堂皇的东西，才可以交代过去。后来的事，我们都知道，这种耗费心机添加的面具，成了这本书的卖点，成了人们最希望相信的东西。他以特朗普的口气，第一人称叙述“我调动人们的想象，人们愿意去相信最大的、最壮丽的。我管这叫真实的夸张。这是一种天真无害的夸张形式，是一种有效的推动模式。”无害吗？只有丧失理智的人，或者公牛，才会同意。

西瓦茨在日记中写道：特朗普代表了我所痛恨的许多品质——他渴望碾压别人，对俗艳、浮华、巨大的追求，对金钱和权力之外的一切毫无兴趣。西瓦茨承认自己通过那本书，塑造了一个比特朗普本人漂亮得多的角色。书的开篇，以特朗普自述的口吻这样说：我做这一切都不是为了钱。我赚够了，远远超过了我永远用得上的数量。我做这些，就单纯为了做。交易是我的艺术形式，别人在画布上作画，或者在纸上写诗，而我，喜欢做交易，尤其是大交易。

“他当然是为了钱，他最深、最本能的生理需求之一，就是证明‘我比你有钱’”。

每一天，告别特朗普回到家里，西瓦茨会对妻子说“他就是一个活的黑洞”，对金钱、赞誉和名声永不满足。

他渴求被外界关注完全是强迫症一般的，参加总统竞选即是这一症状的延续，如果有世界皇帝竞选，他一定会踊跃参与。

西瓦茨的写作一直伴随着与自己体内的浮士德撕打。他去掉了很多特朗普吹嘘的牛皮，但是也保留了许多。最后兰登书屋出版的这本书，你既可以将之视作极具娱乐性的深刻见解，也可以将它视为无耻的自吹自擂。借用诺曼·梅勒的意思，这本书名应该叫《给我自己打广告》。

《交易的艺术》出版后第二个月，特朗普在特朗普大厦粉红大理石的大堂里举办了一场豪华的图书发布会。强光照耀着一直延伸到门外的红地毯。室内，大约

1000名黑领结客人，喝着香槟，吃着特朗普大厦造型的蛋糕，这些酒水食品，由一群挥舞着红色小焰火的女子推进来。著名的拳击手经纪人唐·金穿着及地的貂皮长大衣迎接来宾，喜剧演员杰基·梅森在特朗普和伊凡娜出场时介绍说“现在欢迎我们的国王和王后”。

滑稽的是，第二天，西瓦茨接到特朗普的电话，要他分摊一半昨天派对的花费，因为他是书的枪手，书的利益他分了一半。“交易的艺术”，这名字取得实在贴切。

西瓦茨将2016年《交易的艺术》全部版税捐给了包括移民法律中心、人权观察等机构，这么做并不能免除他的内疚和自责。随着特朗普成为特朗普总统，这本书无疑会卖得更多。那些为他投票，相信他代表了他们利益的人，也许很快会明白那些曾经跟特朗普做过生意的人早就知道的事实：他根本不在意他们。

唯有祈祷，瓷器店能够挺过这一疯牛之劫。

（2016年11月20日、27日）

马车保卫战

陈　九

从前哪，有个纽约，纽约有个中央公园，中央公园里有观光马车。马是真马，车是真车，我说的就是这些马车何去何从的争论，此时正在纽约膨胀发酵。

这位就问了，马车碍谁了，人家可打1853年中央公园建园就有了，凭什么就何去何从呀？没错，一听就是行家。1853年建园时先有骑马，游客可以租马，到园子里四处溜达。直到十几年后，社会名流强调保持欧洲文明传统，于是出现了观光马车。清一色摩尔根马，漂亮，头扬着，屁股翘着，掐腰长腿，怎么听着像模特儿呀，反正差不多，美不胜收。马车则是一水的巴洛克风格，弧线条纹，铜活编花儿，硬木镂空，再加上天鹅绒座椅，流苏顶棚，好么，您看袁世凯就职大总统坐的马车了吗？它哪样这个就哪样。

时光，可就荏了苒啦，一晃一个半世纪。在此过程中，美国打了一场南北战争，打了两场世界大战，打了韩战，打了越战，打了伊拉克，打了……反正该打的都打了，不该打的也打了。就这么个打法儿，都没把中央公园的马车怎么样，人家该吃草吃草，该遛弯儿遛弯儿，活得挺好。嘿，自打彭博当市长，出幺蛾子了，他鼓动一帮动物保护者到处呼吁，非把中央公园的马车游览给灭了。理由是，这些马受到虐待，不是8 小时工作制，不是每周休息两天，每年没有 5 天以上的年假。这可都是原词儿，我没开玩笑。还说中央公园一带交通繁忙，马车容易造成交通堵塞和交通事故，不适合现代化都市的生活。取而代之的应是电动游览车，清洁环保，代表时代潮流。

好嘛，就这帮人，打了鸡血似的，这通折腾。登广告、开听证会、市议会门前请愿，横下心要整黄了中央公园的观光马车。连新任市长白思豪也含糊了，竞选时说这问题可以讨论，现在改口了，说“纽约马车观光业看来走到尽头了”。

就在紧关节要之际，咣，有人发火了，谁呀？好莱坞大名鼎鼎的连姆·尼森，就是斯皮尔伯格导演的《辛德勒的名单》的主角，两次入围奥斯卡奖，绝对大腕儿。我说句题外话，你看人家这演艺人员，总能承担点儿社会责任，有良心有担当，令人感慨。

尼森说，他对此事做了大量调查，结果表明，动物保护者的指责完全站不住脚。马车业主对待马匹像对孩子一样，没有一匹马会连续工作超过 8 小时，它们每年休假 20 天，而且从未有过任何虐待马匹的报道。那些人完全在妖魔化纽约马车行业，如果马车业者要求，他愿意代表马车行业发声，维护马车行业的合法权益，保护纽约传统观光业，保护纽约传统文化的传承。

看看人家尼森，得竖大拇哥儿。

纽约这场马车保卫战正式开打，结果难以预测。我本人支持尼森，力主维护中央公园游览马车的生存权。看到那些马我就亲，看到一切动物都觉得亲，比人亲。

(2014 年 3 月 16 日）

“纽约价值”

穆 青

上周克鲁兹（Ted Cruz，共和党人，正在党内争总统候选人）在共和党辩论中闯了祸，说皇后区土生土长的特朗普代表的只是“纽约价值”，捅了马蜂窝，惹恼了纽约人。

抱着看热闹不怕热闹大的心情，等着好戏看。可直到做晚饭时，才看见《每日新闻》发了一张没什么新意的封面——自由女神竖着中指：去死吧，泰德！这个标题英文读来只是押韵而已。这种骂战水平不比微博高多少，我心想。《纽约时报》呢，装什么清高啊，一言不发？

半夜看完书，一翻手机，嘿，来了。原来人家下午出街采访、上网发问卷，纠集街头、网上势力，要围殴克鲁兹。让我们纽约人告诉你什么是纽约价值。

这么好的机会，那我们也跟着学习一下高大上的纽约价值吧。

（以下基本参照《纽约时报》2016 年 1 月 15 日文《自信而有主见的纽约人，捍卫自己的价值观》，非全文翻译）

> 纽约人形形色色，确实特征鲜明。但也绝非样样值得称道，这我们知道。比如你在中西部问路，那儿的人可能会把你带到目的地，还请喝杯咖啡，然后说晚上一块儿吃饭吧，没准儿还可以在他家过夜。如果在纽约，情况则是这样的“顺着走俩路口，左转”。

当克鲁兹被反问，请他定义“纽约价值”的同时，网上已经开始热议。

志向和野心最先被提出来，并且是king-size（美国人发明的床尺寸，最大一款就是这个皇帝尺寸，此处借指纽约人志向之远大，不能再大），还有急躁（大城市通病）。包容，凡是你能够想象得到的事，这里都在发生，随时，每天。坚韧强大的集体力量，不说远的，就看看“9·11”发生后，纽约人的表现吧。

纽约浑身充满多样性，各种价值观四处碰撞。这里聚集着来自任何你可以说得出来的文化背景的850万人，来自几十个不同的国家，说着800种不同的语言。你走过一个街区，可以听见任何话题的每一个侧面，政治、西装领口的宽度、广式点心、月球人。

这里有可怕的贫穷，也有惊人的财富。纽约有着比世界上任何城市都多的亿万富翁：78个。

它以利益为中心、为驱动的生活方式，从最早荷兰人统治时就已初见端倪。

看一些问卷和被采访人怎么说的吧：

市长比尔·白思豪毫无保留，直抒胸臆，说他被恶心坏了，克鲁兹居然对这个城市和这个城市的人民如此侮辱，“对于什么是纽约价值，他根本不懂”。

64岁的丽雅·罗斯库格勒，声音治疗师、歌手：每天早上我对送报的小伙子说“shukran”（阿拉伯语的谢谢），然后在比利时犹太人的面包房里买一块牛角包。在走路去地铁站的路上，会碰见一些刚刚从德州搬来布鲁仑的邻居，然后在地铁月台上，会看见那个11岁的华人小天才，在演奏键盘。

希拉里在她的推特上说：“这一次，特朗普总算对了一回，纽约人推崇努力工作、多元、包容、坚韧，以及为我们的家人创造更美好的生活。”

当然，也不是每个人都为这纽约群体而骄傲，哈里·琼斯写道：“傲慢，自我中心，咄咄逼人，大嗓门，攻击性强，总是一副我比你知道得多，让我告诉你怎么过日子的姿态，我生活在宇宙中心，世界其他地方都无足轻重。”

41岁的星座控安东尼：纽约是个摩羯城，它建立于1898年1月1日啊。摩羯就关注地位和物质，你四周望望，看见了什么，地位和物质！

23岁的软件工程师麦克·戈丁，惜墨如金却也一语中的：什么奇葩都允许！（All freaks allowed！）

模特和零售店助理，30岁的唐尼·赖斯尔：每个人都在忙，无休止地工作。而在伦敦，人们会给自己更多时间休息。这儿的人不够真诚，他们社交带着目的，装啊装啊，达到目的就不见了。很多人想要认识你，好知道你是做什么的，认识谁。

读了几段，发现有点老生常谈，也许是包容和多元的纽约价值观已经深入人心，哪能日日都有新花样呢？竞选美国总统，批评纽约价值，自己老婆还在高盛工作，高盛是有多纽约，他不能不知道。这不得不说克鲁兹脑子里的水不是一点点啊。

最后，发现各地人民对“地域炮”的反应其实很像，而且也都会说同一句话：没谁请你来，又没上锁，不喜欢，你走啊！

（2016年1月31日）

卖惨是一种病

凌　岚

卖惨，具体说就是假冒癌症等重症，博得周围人的注意和同情，最好能接受现金捐赠，打赏，但钱不重要。胆小的卖惨者不敢直接收钱，让围观群众把钱捐给公益组织，这是“脸书”（Facebook）上这些年时不时曝光的流行病。在心理学上这叫“孟乔森综合征”（Munchausen Syndrome）。这种病存在不是一天两天了。在患有孟乔森综合征的人群里，癌症是一个深刻美好的疾病，好像20世纪初没有发明抗生素前的肺结核病，贵族病。虚弱，抑郁，使无聊平淡的人生达到哲学高度。

“孟乔森综合征”一族最早在英国被发现。他们装成癌症患者，在各镇各村招摇过市。为了伪装得像，真是不惜血本，很多孟乔森综合征患者冒着生命危险吃抗癌药物（想想这些药都是毒性很大的重药啊！），还有的自己花钱购买癌症医疗器械使道具逼真。剃光头发，拔光眉毛——毛刺刺的眉毛是乔装癌症患者最容易穿帮的脸部败笔。

孟乔森综合征是一种心理疾病，患者挖空心思伪装疾病的最主要目的是为了吸引人注意，在社交上占据明星位置，并不是为了赚钱。说白了，编一个悲剧故事让自己变成抗病英雄，借癌症的悲剧力量让生活一波三折，更精彩。

孟乔森综合征在1951年被英国内分泌学家理查德·埃舍尔（Richard Asher）命名归类。这类患者喜欢对当地医生和社区戏剧化地描述自己的困境和病灶。在一个社区里轰动效应消停淡化以后，换一个新地方再次上演抗病悲剧。埃舍尔给这类症状命名为“孟乔森综合征”。孟乔森们为吸引眼球增强戏剧性、真实性，很下了一番功夫：比如在完全没有网络，没有维基百科，不可以谷歌的情况下，这些人专门去医学图书馆自学医学病例报告，让自己扮病人的表演能达到科学的真实性。在镜子前反复排练痛苦的表情增加可信度，给自己放血以达到贫血效果，还有就是吞猛药，以骗过医护人员的耳目。小孩子玩扮家家，孟乔森综合征患者们扮生病，“扮生病”这个玩法给当时英国并不发达的医疗诊所很添了一些乱。

在互联网发达后，这个“扮生病”的症候群日益壮大，尤其是在“博客”“聊天室”“脸书”这种社交媒体出现后。卖惨井喷是有原因的：一是医学知识随手可得，卖惨手段比如自拍、上视频等易如反掌；二是社交媒体上癌症支持群的新贵地位。这么说比较变态，但事实如此，著名的网上癌症患者博客、脸书一般是社交媒体的明星，流量、点击还有跟名人互动，都是名列前茅。而且其中的患者与癌症作斗争的感人故事很容易进入主流媒体，一旦传播天下知，你就一病成名啦！比如因患“神经母细胞瘤”（Neuroblastoma）3岁病故的幼童洛南·汤姆森（Ronan Thompson），他母亲写的病儿博客引起流行巨星泰勒·斯威夫特——“霉霉”的注意，2012年9月“霉霉”写的一首歌，歌词直接来自洛南的病儿博客。吃瓜群众不由得对癌症患者羡慕不已，然后，就开始动歪脑子效颦。

比如2012年“霉霉”的歌《洛南》一出，这下不得了，各种类似的病儿博客像雨后春笋般冒出来。稍微调查一下，不难发现这些新生出的癌症博客，好多是想吸引巨星注意的花招。有一个就是出自无所事事的高中女生之手：想想吧，癌症可能让风华正茂的你一夜出名，你从一个无名小妞瞬间身价百倍，颠倒众生，何乐而不为呢！

最长篇的卖惨故事在脸书上历时8年，悲剧主角是一个叫黛娜·德尔（Dana Dirr）的外科医生，居加拿大偏僻省份，倒了血霉，与命运顽强拼搏，双胞胎孩子得绝症，老公车祸，最后身怀六甲在2012年母亲节遭遇车祸一命呜呼，一尸两命，剧情起伏跌宕，离奇坎坷，堪比长篇韩剧。这个故事吸粉无数，但经过调查曝光后粉丝发现没有一个角色是真实人物，纯粹虚构，虚构者最初是一个11岁女孩儿，她玩的就是心跳。这是玩大的，卖惨成极品的。也有卖惨者粗心大意，一出道就被识破的。比如一个女士假冒得绝症的足球队员，偷了大卫·贝克汉姆的照片作自己的生活照，另外一个成为美国白血病和淋巴癌协会年度人物，以上事例均见英国《卫报》2016年2月18日的报道。另外一个极品是1991年出生的澳大利亚的著名脑癌患者贝拉·吉布森（Belle Gibson），她卖自己的App，有自己健康生活网站，上电视，做励志话题秀，最后被曝光是假冒癌症，“卖惨”让她挣了至少75万美元。贝拉·吉布森为逃避诈骗的罪名，最后把这些钱都捐给慈善机构，现在官司缠身。但大部分网上卖惨者图的不是金钱，他们要的是点击率，名声，脑残粉跟心仪的偶像互动，让平凡的生活多姿多彩。

美好的人生没有故事，在朋友圈里你只是亲友团的一分子，没有海量的点赞，没有留言，没有转发。癌症让平凡的你性感多姿。

卖惨是一种心理疾病，得治。

（2016 年 12 月 18 日）

三

书里书外

酒鬼文字

张宗子

隋末唐初诗人王绩作《五斗先生传》，其中说道："天下大抵可见矣。"意思是世事他都看透了，老猴子要不出新把戏。看透了，无聊，他就喝酒去了。东皋子是王绩的号。东坡读王绩传，作《书东皋子传后》，其中说道："常以谓人之至乐，莫若身无病而心无忧，我则无是二者矣。"最大的快乐是身体好，没心事。这两条都很难。能做到的，不是帝王将相、文人士大夫，更可能是心无旁骛的平民百姓。庄子书中有《至乐》一篇，其中说道："人之生也，与忧俱生。"忧是与生俱来，如何解脱？老子高深莫测地打了个哈哈："吾所以有大患者，为吾有身；及吾无身，吾有何患？"人活着，怎么个无身法？《至乐》篇说得实在些："吾观夫俗之所乐，举群趣者，誙誙然如将不得已，而皆曰乐者，吾未之乐也，亦未之不乐也。果有乐无有哉？吾以无为诚乐矣，又俗之所大苦也。"无身压根儿不可能。无为，宽泛而言，选择性地去做，可以做到。隐士、修道者，有点儿那个意思。东坡豁达，随时自得其乐，苦中也能作乐，虽不能完全无忧，还是难得。

《五斗先生传》是模仿陶渊明的《五柳先生传》。文体模仿，连内容也照抄。陶渊明说，他家贫，买不起酒，朋友招引，便不拒绝，而且"造饮辄尽，期在必醉。既醉而退，曾不吝情去留"。王绩说："有以酒请者，无贵贱皆往，往必醉，醉则不择地斯寝矣，醒则复起饮也。"他俩的区别只在于，陶渊明喝醉了，自己乖乖回去，不给别人添麻烦；王绩则是醉了就赖在主人家不走，随地一躺不起。第二天醒来，接着喝。

历来作文章，后来者如果不能另辟蹊径，那就踵事增华，翻番加倍。照这个道理，王绩的自吹，未必可以当真。

《五柳先生传》开头说：“先生不知何许人也，亦不详其姓字。”这又是从刘伶的《酒德颂》甚或阮籍的《大人先生传》那里学来的，《酒德颂》的开头是：“有大人先生，以天地为一朝，以万期为须臾，日月为扃牖，八荒为庭衢。”《大人先生传》的开头是：“大人先生盖老人也，不知姓字。”

刘伶、陶渊明、王绩，个个都是酒鬼。喜欢陶渊明，又喜欢王绩的苏东坡，却是一喝就醉。《书东皋子传后》说：“余饮酒终日，不过五合，天下之不能饮，无在余下者。然喜人饮酒，见客举杯徐引，则余胸中为之浩浩焉，落落焉，酣适之味，乃过于客。闲居未尝一日无客，客至未尝不置酒，天下之好饮，亦无在吾上者。”看人喝酒，自己快乐。东坡之为东坡，仅此一事，即非一般人可比。孔融有名言：“座上客常满，樽中酒不空，吾无忧矣。”东坡暗用了这个典故。《红楼梦》里的小丫头说：“‘千里搭长棚，没有个不散的筵席’，谁守谁一辈子呢？”孔融的理想，就是筵席不散。曹操握天下如在己手，还感叹说：对酒当歌，人生几何？孔融一个小小太守，以为他的北海是铁打的江山？非常书呆子气。但他的态度真好，有他先祖孔子的气度。搁在太平盛世，他如何不是一个晏殊，一个欧阳修？搁在民国，又如何不是一个胡适之？

我曾说，陶渊明说自己“好读书，不求甚解”，是极自负的话。他后面就忍不住自夸了：“每有会意，便欣然忘食。”读书会意，那是最高的档次，很多人读书不过是天蓬元帅吃人参果。人参果尽有好味道，他不要，他听说人参果吃了可延年益寿，所以死活要吃。王绩在诗里曾自我标榜，“眼看人尽醉，何忍独为醒？”屈原说，举国皆醉，独他自己清醒，因此痛苦。王绩反屈原之意而造语，故意说和光同尘，假装谦逊。在《五斗先生传》里，他就原形毕露，不客气地自比为圣人：“故昏昏默默，圣人之所居也。”这个圣人，当然不是儒家的圣人，有点像庄子和列子那里的圣人。然而庄子、列子笔下，有丝毫不糊涂的，有假装糊涂的，真昏昏默默过日子的，也没有。那么这个圣人，唯独他一家了。

说到狂妄，刘伶之狂，超过陶渊明和王绩。他是阮籍、嵇康一伙的，率性使气，目中无余子。所谓大人先生，论身份和心气儿，不属于凡世，是神仙一流。《大人先生传》里说大人先生，“莫知其生年之数”“养性延寿，与自然齐光”“以万里为一步，以千岁为一朝”。《酒德颂》的结尾，气魄甚大，又有喜剧色彩：“俯观万物，扰扰焉，如江汉之载浮萍；二豪侍侧焉，如蜾蠃之与螟蛉。”对看不惯其作为的贵介公子和缙绅处士，刘伶说，他们就像两个虫子。庄子曾说：“之二虫，又何知？”骂人为虫子的话，真像出自李白之口。

苏东坡作《书东皋子传后》时，王水照先生说，他已“年届六十，正是谪居惠州之日，仕宦沉浮，人世沧桑可谓饱经，因而对东皋子王绩的超然于酒自然感触尤深。现实中虽已无‘身无病而心无忧’之至乐，但东坡于酒既不为使气泄愤，亦不求一醉不醒，而只

自寻与人同乐而酣适其中之趣，斯又一境界也”。(《中国历代古文精选》)

群聚而饮，在今日，不能当家常便饭。转念一想，譬如网上种种，微博、微信，天南地北，见过面没见过面的朋友，自由来往，谈文论艺，其乐趣和东坡所说，或有几分相似吧：“病者得药，吾为之体轻；饮者困于酒，吾为之酣适，盖专以自为也。”

(2015年4月4日)

梦里集句

张宗子

梦里赶几十里山路看电影，兄弟姊妹一大群人，顶着月光，穿林爬坡，最后垂下生着很多竹子的陡直的石壁，到达半山平地上古代农家小院一样的电影院，被黑魆魆的山影和树丛重重包裹着。两扇坐在石墩上的木头大门上写着一副对联："顾我有怀同大梦，怜君何事到天涯。"这是集句联，上句李义山，下句刘长卿。梦里清楚地记得上联，下联却记不清了，醒后

“反复回想”，才跳出这一句。现在有网络，集句容易，不必博览各家的诗集，网上搜出来，排比排比，一不留神，就凑成几副难得的佳对。因此，这一联有了，担心别人已集过，请教了懂行的朋友，说没人集过。那好，算我的意外收获了。

写过几年近体诗，语句和文意，以及典故的使用，常常费力不讨好，既不够雅致，也不能精确，这是修养的欠缺，想一日千里地突飞猛进，事实上也是不可能的。何况即使假以时日，还需要每日下深功夫，这是目前肯定做不到的。有一次，就整出五首集句的七律，集比较熟悉的李义山的诗，虽然意思薄了些，却相当雅驯，这就是沾了前朝大诗人的光。

不会写诗的时候，可以集句。写诗容易暴露个人的水平，集句不会。集得不好，无非是集得不好而已，别人看不出你文字功底有多深。大学时读《唐诗别裁集》，前前后后集了一些对子，有一联至今也能脱口而出，显然是当时觉得很不错的，以为可贴在书房门上：“云连海气琴书润，人卧秋阴衾帐寒。”出句是典型的许浑体。这一联虽颇工丽，可惜太有清客气。陆游被后人赞为对尽了古今的好对子，他有一些写闲适生活的，走的就是这个路子，如《红楼梦》里提到的“重帘不卷留香久，古砚微凹聚墨多”。大概闲适情绪，适合幸福、富贵、春风得意，写来写去那么几句话，很难出新意。你若把它美化了，美化的词语无非那么几套，头一次见感觉很新很雅，再次三次，又成了俗套。但因为隔着一层精心挑选的词语，虽然为一般人所看不起，但在应酬的场合，大家都有演戏的快乐时，这种清客体总是大有市场。我集许浑的诗时，还没懂得处世之道，却很自然地喜欢这样的调调儿，说明清客的高雅，是还带着年轻人的单纯的。只不过，已经世故的人若还故意天真烂漫，不免给人老莱子彩衣娱亲的感觉。

前年读黄庭坚寄友人诗，忽然有感，忍不住又集一联：“残年意象偏多感，暮齿相思岂久堪。”这里相思是思念朋友，不是如今所说的意思。黄庭坚晚年心境清苦，他大约是没有浪漫一下的闲情逸致的。上句出自王安石的《宿土坊驿寄孔世长》，他的那一联比此处集成的一联更亲切："残年意象偏多感，回首风烟更异乡。"残年，是我毕竟老之将至，诸事无力，少年意气差不多消磨一尽，这种年纪，一灯如豆，卧读古卷，该是最合适的选择。偏多感，是说我又想做一些事，自以为是很有意义的事，结果大概是自讨苦吃。风烟异乡，明明白白，关键是回首中还可见昔日的风烟，王安石写到这里，有没有为当初没有更努力而悔恨呢？也许有吧。因为这也是常情。王诗已经很完美，但为了集句，只好用黄庭坚的诗配上对句。意思其实是弱了些，想念家乡的亲友，似乎没什么好说的，但总之还是切合中年的心境。

三十年集得此三联，无异于心迹，亦如东坡晚年对个人一生的总结："问汝生平功业，黄州惠州儋州。"一生六十年，换来三个地名。我也有三个地名：光山，北京，纽约。我胜过东坡的地方，可能是会比他在世上多晃荡几年。

王安石最爱集句，《竹坡诗话》记载：他有一次以白居易"江州司马青衫湿"为上联，欲以全句作对，久而未得。一日问蔡天启："'江州司马青衫湿'，可对甚句？"天启应声曰："何不对'梨园弟子白发新'？"公大喜。

这只是巧，不是好联。唐朝诗人东方虬说他的名字，等着将来被人拿去与西门豹作对。也是巧，游戏罢了。

梦里的集句居然说到了梦，梦里看的电影却丝毫没印象。溪流岗陂的跋涉，就为这一场电影，如果容许事后补选，我选小津安二郎的《秋刀鱼之味》。

（2016 年 10 月 2 日）

人情的温暖

张宗子

《水浒传》中标榜，四海之内，皆兄弟也。梁山泊上的一百单八人，真正亲如兄弟的并不多，基本上都是一伙一伙的。林冲和鲁智深好，鲁智深和史进关系不错，晁盖和劫生辰纲的一群，一度是山寨的核心集团，后来被宋江掺沙子破了。吴用乖巧，改飞高枝，成了宋江的左右手。鲁智深先前出场，很看不起小气鬼的打虎将李忠。和李忠结伙占山的周通，本是流氓无赖，抢夺民女，被鲁智深狠狠揍了一顿。李忠、周通这样的人物，和鲁智深不是一个层次，如何能结为兄弟？再如李逵，被他杀了小衙内，断了上进的门路，朱仝大概一辈子都恨他。宋江把兄弟义气提高为一种意识形态，兄弟义气自然变了味，成了等级森严的组织关系了。

鲁智深和林冲二人惺惺相惜，王进史进师徒情重，三阮本是一母同胞，算是特例，与别处不同。施恩追随武松，前面是用他，后面是靠他。张青爱好结交豪杰，他善待武松，还更靠谱些。解珍解宝兄弟被毛太公陷害，欲置死地，顾大嫂攻入监狱，大喊：我的兄弟在哪里？这是至亲之人发自肺腑的呼喊，读来感人。

基于政治和利益的亲密，看起来既不那么可信，又表现过度，便如唱戏了，譬如宋江挂在口边的那些话，几个人会真心相信？起码公孙胜和林冲，鲁智深和武松，以及李俊那一帮揭阳岭揭阳镇上的老兄弟，都头脑清醒得很。

帝王将相，以及小一号小几十号的帝王将相，不可以常情论之，但在愚鲁而不通政治的细民那里，还能体会到人情的温暖。

鲁智深大闹五台山后，被迫到开封大相国寺看守菜园，一向霸占此地的众泼皮，想给他来个下马威，借请酒之际，把他推入粪坑，后来吃鲁智深打了，见鲁智深有真本事，人又爽直，不仅不衔恨，转而讨好他："次日，众泼皮商量，凑些钱物，买了十瓶酒，牵了一头猪，来请智深，都在廨宇安排了，请鲁智深居中坐了。两边一带坐定那三二十泼皮饮酒。智深道：'甚么道理叫你众人们坏钞？'众人道：'我们有福，今日得师父在这里，与我等众人做主。'智深大喜。"泼皮们说高兴有师父替他们做主，说得真切，也见出这些社会底层人物生活的不易。后面写："吃到半酣里，也有唱的，也有说的，也有拍手的，也有笑的。"胸次磊落，何等快活。

再一例，是关于林冲的。林冲在东京，位居八十万禁军教头，救助了在酒店做伙计，因偷钱而吃官司的李小二。后来发配沧州，李小二正巧流落在这里，娶了酒店王老的女儿，安家立业。街上巧遇，"李小二就请林冲到家里坐定，叫妻子出来拜了恩人。两口儿欢喜道：‘我夫妇二人正没个亲眷，今日得恩人到来，便是从天降下。’林冲道：‘我是罪囚，恐怕玷辱你夫妻两个。’李小二道：‘谁不知恩人大名！休恁地说。但有衣服，便拿来家里浆洗缝补。’”此后时常走动，林冲在异地，等于有了个家。李小二夫妇“我夫妇二人正没个亲眷”这句话，也很令人感动。其后陆谦从东京来，在李小二的酒店商量做掉林冲，亏得李小二报信，再救林冲一命。

史进接待王进，愿意留他母子在庄上终老；鲁智深在野猪林救下林冲，相送十七八日，直到安全之地，才洒泪告别。相反的是，汤隆为了讨好山寨，主动设计骗表哥徐宁上山，又假扮徐宁抢劫，断他归路。两相对比，“为了山寨大业”的汤隆还是人吗？

石秀与杨雄为结拜兄弟，杨雄太太与和尚私通，石秀处心积虑地跟踪调查，揭破奸情，在书作者看来是“正义”，是“兄弟义气”，但在读者看来，正义和义气还在其次，为自己被冤屈而出一口气才是真。燕青对卢俊义忠心耿耿，虽说身份所限，情有可原，毕竟奴才气太浓，以至于擂台上击败擎天柱任原这么豪气干云的事业，也不免打了折扣。

人的情感发自天性，是无条件的。出于种种计较的情感，无论那些计较是出于自愿还是不得已，都只能视为情感的变种，是一种退化了的情感，便如引种水果时常有的情形，果子还是那个果子，外形相似，味道不同。林冲和鲁智深，是《水浒传》中人品最尊贵的人物，所以有此巧遇。都说《水浒传》作者憎恨女人，笔下女性人物，都写得不堪，然而林冲娘子，鲁智深救下的金翠莲，一个温柔贤淑，一个正直爽朗，却是书中难得一见的好女人，偏都让他们遇上，岂是偶然。

（2016 年 2 月 21 日）

对今人说古人

鲜于筝

对今人说古人，说古人想今人，古人今人同是人，说不尽的古人与今人。

华歆、王朗，《三国演义》上有这两个人。有一回华歆、王朗乘船避难，有个人想搭他们的便船。华歆推托不让。王朗说，船上还有地方，为什么不让？过一会儿，贼寇追来了，王朗想抛下那人。华歆说，我先前所以不想他上船就是为此，现在既然已经接纳了他，怎么能到危急关头又把人撂下？于是继续带着他一起走。

唐高宗李治对侍臣说：我在思考养人之道，不得要领。侍臣回道：从前齐桓公出游，见到饥寒的老人，就下令赐食。老人说，愿赐食全国饥者。下令赐衣。老人说，愿赐给全国寒者。齐桓公说，我的仓廪府库怎么周济得了全国的饥寒。老人说，君不夺农时，则国人皆有余食矣；不夺蚕要，则国人皆有余衣矣。故人君养人，在省其征役而已。

张九龄（唐宰相）奖爱李泌（7 岁能文，被视为神童），常把他带到内室。张九龄与严挺之、萧诚关系好。严挺之讨厌萧诚为人谄媚，劝张九龄不要和他来往。但张九龄嫌严挺之绷着苦脸，不像萧诚软美可喜。张九龄命左右去召来萧诚，李泌在旁脱口说道："公起布衣，以直道至宰相，而喜软美者乎？"张九龄改容惊谢，呼李泌为"小友"。

王维给朋友的信上说：陶潜不肯折腰见督邮，解印去官，后来贫穷乞食。他在诗里说"叩门拙言词"，那是乞食多次而多有惭愧了。如果当时陶潜见一下督邮，安安稳稳有公田数顷，不愁吃喝了。现在“一惭不忍，而终身惭乎？”孔子说：“我则异于是，无可无不可。”

宋太祖赵匡胤在后苑挟弓弹雀，有人称急事求见。结果是平常事。皇帝怒道：算什么急事？回答说：总比弹雀急啊。皇帝气得用斧头柄撞掉了他两颗牙齿。此人徐徐跪倒地上拾起两颗牙齿藏在怀里。皇帝说：你还拿这牙齿告我？答道：臣不敢告，自有史官记载。宋太祖息怒，赐给他金帛。这是开宝九年（976）的事，就在这一年赵匡胤驾崩，活了49岁。

乖崖公（张咏，北宋大臣，诗文俱佳，宋真宗时官至礼部尚书）在四川做官的时候，有个下属参军老称病不做事。张乖崖就责备他说：为什么不回归故里？第二天，参军提出要走，还以诗留别。诗里说：“秋光都似宦情薄，山色不如归意浓。”乖崖公读了吃一惊，向他道歉：我的过失，同僚中有诗人而我不知道。于是挽留他，慰问推荐他。

北宋范德孺是范仲淹的儿子，元丰八年（1085）

出知庆州（今甘肃庆阳），苏东坡、黄庭坚都有诗送他。黄庭坚在《送范德孺知庆州》里说“乃翁知国如知兵，塞垣草木识威名”，“乃翁”就是指的范仲淹。就在范德孺知庆州的时候，忽然西夏入寇，把城都围了。百姓们惊恐失措。范德孺和守军将士们商量，大家一筹莫展，没有敢应敌的。这时一个老指挥使说道：愿立军令状，保证不出问题。范德孺信了。后来西夏兵果然退了。范德孺大喜，大赏老指挥使。问他，你怎么料到的？老兵说：我别无能耐，只是说大话安定人心。倘若城破了，各自逃窜，哪有功夫找我这老兵来行军法！

（2016 年 7 月 10 日）

林语堂《八十自叙》

张宗子

林语堂的《八十自叙》系用英文写出，台湾远景所出是宋碧云的译本。第十章“三十年代”，讲到《语丝》，说杂志系由周作人、周树人、钱玄同、刘半农、郁达夫等人主办，“周氏兄弟在杂志上往往是打前锋的”。林语堂说，他们每两周聚会一次，通常在星期六下午，地点是中央公园“来今雨轩”茂密的松林之下。

“周作人经常在场。他文如其人，说话慢吞吞的，激动时也不提高嗓门。他哥哥鲁迅正好相反，批评死对头时得意起来，往往大笑出声。他身材矮小，留了一脸毛碴碴的胡须，两颊凹陷，始终穿长袍马褂，看起来活像鸦片烟鬼。很少人想到他竟然以‘一针见血’的痛快评论而知名。”

对周氏兄弟的为人，林语堂似有微辞：“两个人都通晓人情世故，被人称作‘绍兴师爷’——他们是绍兴人。几百年来，各地的县衙府衙都出过绍兴师爷，能以圆滑的字句来揭人长短。他们专和段祺瑞政府过不去。鲁迅不声不响从‘教育部’支领薪水。”形容绍兴师爷那句话，国内译本译为“巧妙地运用一字之微，就可以陷人于绝境，置人于死地”。未查原文，但感觉宋译没说到点子上，国内译本又下字太狠。

鲁迅和林语堂早先是好友，后来闹翻，鲁迅去世的消息传来，远在纽约的林语堂作文悼念，文章用半文言，颇有明末小品的风格。对鲁迅的描画，比喻生动，但褒贬界限模糊。贬以正言出之，不觉其贬；褒中别有怀抱，感觉是讽刺，然而定睛细看，又不能说是讽刺。鲁迅和林语堂两人的关系，彼此心中都是清楚的。鲁迅虽死，盛名犹在，林语堂有话要说，也不能不说，然而如何说才算妥当，才不委屈自己，实在很难。林语堂和今之名人最大的不同，在其坦荡磊落。他在文中坦承与鲁迅的分歧：

"鲁迅与我相得者二次，疏离者二次，其即其离，皆出自然，非吾与鲁迅有轾轩于其间也。吾始终敬鲁迅；鲁迅顾我，我喜其相知，鲁迅弃我，我亦无悔。大凡以所见相左相同，而为离合之迹，绝无私人意气存焉。"

"《人间世》出，左派不谅吾之文学见解，吾亦不愿牺牲吾之见解以阿附初闻鸦叫自为得道之左派，鲁迅不乐，我亦无可如何。鲁迅诚老而愈辣，而吾则向慕儒家之明性达理，鲁迅党见愈深，我愈不知党见为何物，宜其刺刺不相入也。然吾私心终以长辈事之，至于小人之捕风捉影挑拨离间，早已置之度外矣。"

与鲁迅观点相左而始终尊之如长辈，这话若出时贤之口，我是不会相信的。出于林语堂之口，我不怀疑。

《人间世》问题，鲁迅在致曹聚仁的信中这样说：

“语堂是我的老朋友，我应以朋友待之，当《人间世》还未出世，《论语》已很无聊时，曾经竭了我的诚意，写一封信，劝他放弃这玩意儿，我并不主张他去革命，拼死，只劝他译些英国文学名作，以他的英文程度，不但译本于今有用，在将来恐怕也有用的。他回我的信是说，这些事等他老了再说。这时我才悟到我的意见，在语堂看来是暮气，但我至今还自信是良言，要他于中国有益，要他在中国存留，并非要他消灭。他能更急进，那当然很好，但我看是决不会的，我决不出难题给别人做。”

悼文后半部，林语堂为鲁迅作素描：

“鲁迅与其称为文人，不如号为战士。战士者何？顶盔披甲，持矛把盾交锋以为乐。不交锋则不乐，不披甲则不乐，即使无锋可交，无矛可持，拾一石子投狗，偶中，亦快然于胸中，此鲁迅之一副活形也。德国诗人海涅语人曰，我死时，棺中放一剑，勿放笔。是足以语鲁迅。”

“鲁迅所持非丈二长矛，亦非青龙大刀，乃炼钢宝剑，名宇宙锋……于是鲁迅把玩不释，以为嬉乐，东砍西刨，情不自已，与绍兴学童得一把洋刀戏刻书案情形，正复相同，故鲁迅有时或类鲁智深。故鲁迅所杀，猛士劲敌有之，僧丐无赖，鸡狗牛蛇亦有之。鲁迅终不以天下英雄死尽，宝剑无用武之地而悲。路见疯犬、癞犬、及守家犬，挥剑一砍，提狗头归，而饮绍兴，名为下酒。此又鲁迅之一副活形也。”

形容鲁迅与无赖及疯犬交锋，大似堂吉诃德冲杀群羊，大战风车。林语堂此处不无调侃之意，而我觉得悲哀。鲁迅一辈子孤军与黑暗势力对抗，绝不妥协，身上确有堂吉诃德的影子。事实上，他喜欢的西方哲人，如尼采和叔本华，也是如此。

（2016 年 6 月 19 日）

《一九八四》

张宗子

乔治·奥威尔的《一九八四》，在中国，早有董乐山先生的译本。而我一直以为是禁书，只好找了英文原著来读。读后并不喜欢，也不觉得震撼，也许是阅历不够的原因吧。20年后，读辽宁教育出版社出版的董乐山译，故事不动声色，仍是满纸绝望，虽然有所感触，却又觉得习惯。因为习惯，《一九八四》不再张牙舞爪，倒有几分羔羊般的柔顺。事实上，所有的反乌托邦小说，都不再使人惊奇，因为现实毕竟强于一切。

奥威尔在书中提到人类历史上最臭名昭著的三次大迫害，分别是：中世纪的宗教裁判，20 世纪的纳粹德国和俄国。书中人物奥勃良说，就效果而言，宗教裁判完全是一场失败，因为其目的在根除异端邪说，实际上却巩固了异端邪说，他们每烧死一个异端分子，就同时制造出几千个新的异端分子。原因在于，宗教裁判所在敌人还没有悔改的情况下就杀死他们，结果是成全了他们，使他们成为殉道者。俄国人懂得这个道理，不让敌人成为烈士。他们用尽一切方法，严刑拷打，单独监禁，摧毁对方的人格，直到把他们变成民众不齿的匍匐求饶的可怜虫。可是过了几年，这种事情又发生了，死者成了殉难的烈士。原因何在？那是因为俄国人忘了一件事：消灭历史。《一九八四》中虚构的大洋国的“进步”，就在填补这两个漏洞：首先，在精神上彻底击败敌人；其次，关于异见者的一切记录全部清除，他们不仅在肉体上被消灭，在历史上也从来不曾存在过。

在统治大洋国的“英社”眼里，异端思想的存在，无须化为行动，本身就造成国家和社会的“不纯洁”。因此，在肉体上消灭敌人不算什么，根除一切异端思想，才是统治的根本。小说结尾，温斯顿承受了地狱般的折磨，经历了背叛和被背叛，出卖他人也自我出卖，终于满眼流泪，“战胜了自己”，承认这个社会秩序和意识形态的合理，尽管这合理是用无情的方式灌输和维系的。温斯顿的小资产阶级情调，他对精美旧物的迷恋，对爱情的索求，企图获知一点点真相，都在老大哥“完全没有黑暗”的残酷光明中烟消云散了。于是，在长长的走廊上，“等待已久的子弹穿进了他的脑袋”。

奥威尔说的“消灭历史”，不是大洋国的首创。博尔赫斯曾提到，秦始皇焚毁在他之前的历史记录，以便让历史从他那里开始。鲁迅在奥威尔之前，也曾指出：“别国的硬汉比中国多，也因为别国的淫刑不及中国的缘故。我曾查欧洲先前虐杀耶稣教徒的记录，其残虐实不及中国，有至死不屈者，史上在姓名之前就冠一‘圣’字了。中国青年之至死不屈者，亦常有之，但皆秘不发表。”

自“五四”以来，直到现在，翻译在中国文化和社会中的作用，似乎是别的国家难以比拟的。我们缺乏的太多，所以需要借鉴。翻译家将身心融贯于他翻译的著作中时，就不仅仅是一个翻译家，而是一个强有力的言说者。这样的翻译家不多，而董先生是其中一位。

（2012 年 8 月 12 日）

《洗澡》后活着

凌　岚

杨绛先生的小说《洗澡》，我最喜欢的不是男女主角天雷撞地火的爱情，一个已婚还算成功的男人，对面貌姣好的图书馆管理员剩女的海誓山盟，怎么看都有吃豆腐占便宜的嫌疑，尤其是他陷入新爱情的理由是“我太太不理解我”这种窠臼，他们的精神恋爱结局也是特别勉强，一个懦怯的败笔。但是《洗澡》和之前的非虚构回忆录《干校六记》的成就，不在于恋爱故事，这两本书是中国当代文学中少有的，记载整风到“文革”时期知识分子斯文扫地的漫画长卷。以戏谑手法写五四运动后的中国知识分子，是他们夫妻二人独一份对中国文学的贡献。《围城》写1949年前，《洗澡》写围城里的那群人在1949年后，一脉相承，这些喝足洋墨水和土墨水的“士”，既没有鲁迅的《在酒楼上》那种悲怆，也没有《野百合花》那种纯净的革命激情下的反思，精神面貌上既现实又猥琐：胆小鬼，抠门的色鬼（《洗澡》开篇那个好色又不敢离婚的文化老混子），冒牌的法国文学专家(“马拉梅儿”），良心不坏、仪表也堂堂但内心软弱（比如方鸿渐），那个在小酒店嫖土鸡，但仍不忘在皮箱中保存中国文学史资料的李梅亭……一地鸡毛，真是数不胜数。

如果稍稍阅读20世纪80年代出版的中国文坛老人的回忆文章和别人对他们的回忆，巴金、老舍、沈从文、萧乾、丁玲、冰心、杨沫等，不难发现钱、杨夫妻二人的作品写这一群鸿儒有多惟妙惟肖、入木三分。在政治高压和清洗中打小报告，告密，捶胸顿足写检讨，是这群高智商、高学历的人中最常见的生存手段。“打小报告”不同于现在说的“撕”，“撕”是丑闻八卦性质，“打小报告”当时在知识分子中是生死挣扎。

现在以“绿茶婊”，不够忧国忧民，不够抗争，甚至学问琐碎化去批评钱、杨二位老人，说轻了是不懂事，说深了是因为当代历史的断裂，我们作为后来人，完全不知道这群“臭老九”生活之严酷，比如杨先生的《干校六记》里写76岁高龄的俞平伯夫妇手拉手下乡去干校劳动。

这群人如果能侥幸活到1980年，基本也就是沉默，学术上废了，沈从文和钱、杨三位大师是例外，出版一生中最重要的著作，别的大师呢？

在历史虚无的背景下，普通中文读者，当然会用“绿茶婊”如今流行的道德判断，来审判《洗澡》作者，既荒诞但也是情在必然，历史的无知和空白必然产生魔幻，非逻辑。

现在有一句流行语：无节操但三观正，这句可以概括方鸿渐、赵辛楣、方彦成、姚宓，没有英雄，只有苟且，没有大成就，但是从来不缺乏智慧和调侃。

（2016 年 6 月 5 日）

上海怀旧何止风花雪月

朱小棣

这是一本旧书，1998 年出版，说的是更旧的故事，发生于 1949 年以前的上海，书名《上海的风花雪月》，作者陈丹燕。正如新书里常常充斥了旧思想，或许旧书里往往能给人以新启迪。我就是带着这样的侥幸与希翼，慢步沉浸于这些娓娓道来的旧上海的故事。

作者说，“上海这地方实在是怀旧的，像破落贵族的孩子那样地怀着旧，他没有正经过上什么好日子，可他天生的与众不同。那见所未见的辉煌在他的想象里，比天堂还要好”。于是，那批最早恢复往日容颜形态的咖啡馆和酒吧，就有“许多从公司里下了班的年轻职员爱来这里消磨晚上，许多青年人来过以后，纷纷写文章介绍这里，他们迷沉在时光倒流的恍惚里”。“而真正经历了十里洋场的上海老人”，却笑了一下说：“70年代的人，用什么来怀30年代的旧呢？”

可是毕竟，“一句‘到和平饭店喝咖啡去’，说出了上海年轻人的一个怀旧的晚上。坐在那里，他们想要是自己早生50年，会有什么样的生活，能有什么样的故事。那是比坐在他们邻桌的欧洲老人更梦幻的心情吧”。当然，“现在的孩子，没有看到外国人是怎么欺负中国人的，也没有看到从前的社会到底有怎样的不平。他们看到的是从前留下来的房子，是最美的；从前生活留下来的点点滴滴，是最精致的”。“他们当然也知道怀念租界时代是不对的，于是他们不说这个词，他们说‘30年代’”。

尽管从我上述摘录的文字里看，好像作者对于年轻人的怀旧，亦有颇多微词，但实际上，作者已经以其著作加入到了怀旧大军的行列，甚至成了他们的排头兵。以今天后视的角度看，陈丹燕，无疑是世纪末开始的怀旧文学的领军人物。

其实，怀旧，是一种成长的标志，自然的倾向，是任何成年人都会开始有的一种感情流露和寄托。所不同的只是各自的背景和成长过程。而这千姿百态的不同，则恰恰反映出怀旧者的身份地位、阶级出身、教育背景、时代变化、感情关注，以及对现实的态度和未来的梦幻。

于是，读者也就可以和我一样清楚地看到，作者陈丹燕从小生活在竖立着普希金铜像的街道，而她自己的怀旧则是以这样的发问开始的："从前淮海中路上的那些漂亮女孩子都到哪里去了啊？到外国大马路上去了吧。"接着她又写道："那些最后去到了纽约、巴黎和东京的上海女子，最终买到了梦寐以求的欧洲时装，巴黎香水，她们穿戴整齐了，到第五大道去散步，才发现当她们有了资本以后，却没有人像在淮海中路上一样地吃她们的冰激凌，不再有女子那么在行地关注她们了。打扮起来的乐趣，这时少了太多！于是许多人在国外不再注意自己穿什么，可以穿上儿子穿不下的运动服就出街，心里还说，那些外国人，他们怎么懂得欣赏！”这才是真正属于作者自己的怀旧，而不是坐在类似“30年代”的咖啡馆里发思古之幽情。

当然，属于作者自己的真实怀旧里面，真正具有怀旧和历史价值的文字记录，则是对于20世纪70年代初期集体翻译出版的一批外国作品的译者们究竟是谁而展开的调查。这批书，主要的是一批苏联的文学读物，其中包括长篇小说《多雪的冬天》和《你到底要什么》。与如今人们蜂拥争抢所有权大异其趣的是，这批当年的译者们，统统拒绝承认与自己有关，不肯接受采访。

对比之下，我们就更可以清楚地看出，怀旧是一种什么精神状态与情感。它的产生与不产生，恰恰说明了许多背后的故事，大有挖掘其意义的必要。随着历史的推进，风靡国内的怀旧情绪，俨然囊括了民国时代、中华人民共和国成立初期，甚至80年代初的思想解放运动，这样好几个不同的历史时期。对于各个不同时期的怀旧，除了人们各自年龄和心理上的差异，其实还有一种共同的深层基础，那就是对于人文环境和思想自由空间以及精神追求的需要。这恰恰远非一般人理解的那种沉湎于物质享受和贪图荣华富贵的利益追求和寻梦。所以，怀旧的本质，其实恰恰是对当下麻木平凡的不满，和对前景看不分明的焦虑。其暗聚的能量，无疑远远超出一般所谓小资风花雪月的范畴。上海，亦不过只是集中体现某种怀旧情绪的一个场所罢了。

（2016 年 6 月 5 日）

三兔同窟

朱小棣

民国时期的北京大学，其学术辉煌与社会影响，当时为全国之首。而创造这一辉煌最得力者，乃三位相继出生于兔年的学者：生于丁卯年的蔡元培，己卯年的陈独秀和辛卯年的胡适。三兔同一窟，而非狡兔三窟，共同打造了当年华夏的最高学府。据许德珩回忆，胡适当年就曾说过，北大是三个“兔子”支撑而出名的，此说一时引为笑谈。

蔡元培曾中过晚清进士，后又加入同盟会，遂有“革命翰林”之称，1907年赴德国莱比锡研习，辛亥革命后回国，被孙中山任命为教育总长。后再度旅居德国莱比锡，直到1916年回国执掌北大，实行“圆通广大、相容并包”的办学方针。于是有了辜鸿铭、刘师培、黄侃，也有了陈独秀、钱玄同、刘半农，同在北大共执教鞭。因胡适与梁漱溟对孔子的看法不同，蔡元培就请他们同时各开一课，唱对台戏。梁漱溟后来说：“蔡先生一生的成就不在学问，不在事功，而只在开出一种风气，酿成一大潮流，影响到全国，收果于后世。”

相反，没能考上举人的陈独秀，从此与科举决裂，绝不再进那“矮屋”应试。所创办的《青年杂志》和《新青年》，风行一时，惊醒了整整一个时代的青年。蔡元培从主政北大起，就请来陈独秀做文科学长，相当于文学院院长。有趣的是，据说陈独秀作文时，“常用手摸脚，酷闻恶臭，文章则滔滔不穷，亦奇癖也”。陈独秀的一生，热心诚挚地追随过各种理想与主义思潮，但从不人云亦云。甚至说过：“我决计不顾忌偏左偏右，绝对力求偏颇，绝对厌弃中庸之道，绝对不说人云亦云、豆腐白菜、不痛不痒的话。我愿意说极正确的话，也愿意说极错误的话，绝对不愿说不错又不对的话”，还说“我绝对不怕孤独”。

而三个“兔子”中最年轻的胡适，则是三位中个性最温和、持重、保守的一位。蔡元培虽“日常性情温和，如冬日之可爱”，“但一遇大事，则刚强之性立见，发言作文不肯苟同”（蒋梦麟语）。在个人婚姻上，胡适也不像陈独秀那样（能够毅然决然地放弃包办婚姻的配偶高氏而与高氏同父异母的妹妹高君曼同居、结为伉俪），而是与旧式女子、毫无文化的江冬秀，由母亲做主完婚、白头到老。5 岁时，胡适就被乡邻尊称为先生。据他自己回忆说，“既有‘先生’之名，我不能不装出点‘先生’样子，更不能跟着顽童们‘野’了”。

温文尔雅的胡适，也因此吃过号称“黄疯子”的黄侃的亏。胡适一度醉心于墨子，一次在饭桌上刚巧与黄侃坐在一起，就开口大谈墨子。不料黄疯子等他说完，开口就说，“现在讲墨子的人，都是混账王八蛋”。胡适也只好隐忍不发。没想到黄疯子又接着骂道：“胡适的父亲，也是混账王八蛋。”胡适终于忍无可忍，正待发作，谁想黄侃微笑着说：“你不要生气，我只是考考你。你知道墨子是讲兼爱的，所以墨子说他是无父的。而你的心中还有你父亲，可见你不是墨子的标准信徒。”胡适于是依然说不出话来，遂使“黄疯子”的骂名愈发远扬。

以上各段逸闻佳话，全都出自我今日闲翻的一本名叫《群星璀璨》的书。作者吴十洲，原本在做硕士论文时收集过民国风云人物资料，后东渡日本做考古学研究，得到其导师的支持，其又接着做了一年民国史研究，曾引起其他日本教授的不悦。再后来，他又入南开大学攻读先秦史的博士。入学前，他把收集的民国人物资料，整理做成此书，副标题为“民国文坛人物绰号杂谭”。本是好事一桩，娱己娱人，何乐不为。可是从书的后记、前言以及别人写的序言中，我隐隐约约读出这样一种信息：不仅作者冒着被人讥为不务正业、不够学术的危险，作序者也特地故意夸张加大和拔高此书的学术价值。仿佛这样的历史随笔，本不值得一读和出版发行，非得冠以对“绰号”的研究，方有发表的可能和机会。这让我读来忍俊不禁，心想，我们现今的学术界，已经空虚退化到了何等地步，距离当年北大那种嬉笑怒骂皆成文章的学术风格与气氛，早已干瘪枯萎到了一种故弄玄虚的地步。穿梭其间者，当然也就只好狡兔三窟啦。

（2015 年 3 月 28 日）

一本奇书

姚学吾

要说它是一本奇书，毋宁说它是一本宝书。何以见得？因为赞成简化汉字的人，反对简化汉字的人，想要了解汉字发展历史的人都应一读。书名《宋元以来俗字谱》，作者刘复（半农）。由国立中央研究院历史语言研究所，于中华民国 19 年（1930）2 月在北平刊印。此书在世上存留的恐怕廖廖无几了。我是在普林斯顿大学图书馆里找到的。如获至宝！

所谓俗字即别字，这是自古以来就在文人墨客中争论不休的话题。曾有文人说:“不认识别字就不算渊博。”而在新文化运动时期，胡适之先生那篇振聋发聩的《文学改良刍议》中的第八条，就要求“不避俗字俗语”。

俗字的历史源远流长，虽不能说自打有文字以来就有俗字，但是可以见诸历史记载的就有“六朝别字”，“唐人写经别字”等。

北京大学刘复先生编纂的《宋元以来俗字谱》，秉持学者一贯的科学态度和尊重历史的原则，选择了十二本书。它们是：一、《古列女传》；二、《大唐三藏取经诗话》；三、《京本通俗小说》；四、《古今杂剧三十种》；五、《全相三国志评话》；六、《朝野新声太平乐府》；七、《娇红记》；八、《薛仁贵跨海征东白袍记》；九、《岳飞破虏东窗记》；十、《目连记弹词》；十一、《金瓶梅奇书前后部》；十二、《岭南逸史》。这十二本书，未必能将宋、元以来所有的俗字全部囊括，但大体可看出近八九百年以来俗字演进和变化的脉络。

此书至贵之处，在于它们都是采自原版或重抄原版的刊物。例如，有几本书就远涉重洋，到日本的文科大学或盐谷温藏书处采来的。不然就不能称为宋、元的原刻了。

介绍这本书的目的就是让人们知道简体字不自今日始。从有汉字以来，一贯遵循的自然法则就是“趋繁就简”。在汉字书写上尽可能地在不害其形，不损其义的原则下简化。

全书共列2000余字，几乎全部和今天通行的简化汉字在量上大体相仿，而在形上几无轩轾。

四

西窗拾叶

关于戈尔·维达尔种种（一）

董鼎山

我最崇拜的美国作家戈尔·维达尔（Eugene Luther Gore Vidal，1925—2012）于上周逝世，他活了87岁，表明我的生命也所剩无多。我们是同时代的人。我于1947年年初到密苏里大学时，即在图书馆中初次读到诺曼·梅勒（1923—2007）与杜鲁门·卡波特（1924—1984）的处女作。那时他俩是美国最红的战后新作家，同时我的戏剧课教授也给我看了密苏里校友田纳西·威廉姆斯（1911—1983）的第一个剧本的打字原稿。这些作家从那时起就一直与我相伴，当时我竟不知维达尔、卡波特、威廉姆斯都是同性恋者，只有粗犷的梅勒喜爱的是女人，结了好几次婚。

维达尔是个多才多艺的多产作家，他写过 25 部小说，也替百老汇写过剧本，替好莱坞写过电视与电影剧本，不过我最欣赏的还是他泼辣讽刺的杂文。由于我是鲁迅的信徒，常在文字中将他那些讽刺社会、政治、文坛与其他学界的评论文章与鲁迅相比。他的去世不但是文学界一大损失，也让美国政坛少了一位敢言善辩、为底层阶级仗言的开明派战士。

在私生活上，他被人指责行为不检。他在青年时相貌英俊，对男性女性都有吸引力。他称自己是“双性人”，认为人类天生就倾向双性。在他的自传 *palimpset*（《羊皮书》）中，他夸大其词，称自己少年时期即与男性、女性发生性关系，到了 25 岁时已与 1000 余人有过性接触，男女都有。这类夸张，不脱维达尔本色。你如不信，可到 *palimpset* 书中去查。此语令我想到一位法国作家乔治·西密农，他在自传中宣称一生曾与一万余名不同女性发生过关系。此语令人难以置信，试想，一年不过365天，一个人的性生活最多不过50年，此人怎么可能在一生有限的时间之中与万余名不同女性性交？不过，夸耀自己的性能力乃是人的天性，大言不惭的维达尔也不能避免。

维达尔出生世家，祖父是俄克拉荷马州参议员，他与肯尼迪总统夫人杰奎琳是远亲。1960年，他因对纽约本区众议员（共和党）不满，受到罗斯福总统夫人的鼓励，一度参政竞选，但失败了。1982年他也曾在加州竞选参议员，最终还是以失败告终。他的名剧 *The Best Man*（《绝世好男》，讲述总统竞选）最近在百老汇重演，连续卖座不衰。维达尔晚年在意大利度过，有一男相好作伴。2003年，他的伴侣患病，于是他们迁回美国，在好莱坞近郊居住。男伴去世后，维达尔自己也健康不佳，终于在今年8月1日向他的读者们告别。

我统观维达尔一生，除拜服他的文才以外，印象最深的是在电视辩论中他所展现的才能。1968年，他与保守派名士威廉·勃克莱（William F. Buckley，1925—2002）辩论，吵起架来，他把勃克莱称为“守秘的纳粹”，勃克莱反骂他为“同性恋怪物”。两人吵架甚至闹到公堂上。1971 年，他在一篇文章中指责诺曼·梅勒为玩弄女性的恶人，后来在一档电视节目上辩论，激怒了梅勒，几乎打起架来。1975 年，他到法庭告状，指控杜鲁门·卡波特说谎，因为卡波特说他曾被肯尼迪总统赶出白宫。结果维达尔胜诉，法官命令卡波特向他道歉了事。

在政治上，他批评美国的“帝国主义外交”，批评以色列压迫巴勒斯坦。

凡此种种，我希望已将我崇拜的偶像描画得活灵活现了！

（2012 年 8 月 12 日）

CIA与美国文学杂志

董鼎山

20世纪60年代，我在图书馆看到一份畅销国际的英文杂志，内容是综合性的，包括时论与文学，作者多是国际名家。我读得津津有味，后来才发现那是得到美国中央情报局(CIA)津贴出版的，就有点兴致索然。那时正是美苏冷战剧烈时期，怪不得CIA要尽量影响国际民心。

近来一则新闻透露，在那个年代我所敬重的文艺刊物《巴黎评论》也曾接受过 CIA 津贴，令我惊异不已。今年 4 月，《巴黎评论》刚庆祝了它诞生第 200 期，这个消息更令主张思想言论自由的人士伤心，人们把这类刊物称为美苏冷战时期的“秘密国际软武器”。当然，你如果为爱国观念着想，任何对待苏共的武器都是当然的事。

《巴黎评论》系于 1953 年在巴黎创刊，发起人包括后来著名的作家乔治·普林姆顿（George Plimpton）、彼得·麦修森（Peter Matthiessen）、哈罗·许姆斯（Harold L. Humes）等。只有麦修森当时为 CIA 特务，但他一直否认杂志接受官方津贴，只承认他个人曾把《巴黎评论》当掩护。事实是，1950 年美国文化界曾有一个名叫“文化自由协会”（Congress for Cultural Freedom）的组织，于 1967 年承认曾接受 CIA 津贴。《巴黎评论》在当时名义上是“文化自由协会”的刊物。

《巴黎评论》以刊载文学名家的采访而闻名（包括了美国剧作家亚瑟·密勒、英国作家金斯莱·亚米斯等）。这些名作家如果知道 CIA 底细，当然不会答应接受采访。《巴黎评论》编辑之一后来亦曾承认于 20 世纪 60 年代与一位社会学家丹尼尔·贝尔（Daniel Bell）讨论过后者的哲学思想。贝尔后来成为所谓“牛康派”（Neo Conservatives，新保守主义者）思想运动发起人之一。这类新保守主义最终造成布什总统入侵伊拉克的悲剧，至今不能拔出泥足。

受文学界尊重的《巴黎评论》有一段时期竟成为未向公众公开、接受政府津贴的“秘密武器”，这令一些进步人士沮丧。当时有许多其他文艺刊物因批评冷战而引来政府监视。

不过 CIA 补贴文学杂志的现象只能证明纯正文学刊物的难以生存。事实是，这些刊物证明了它们在思想论争上的勇气。有的社会学家批评 CIA 愚蠢，因为独立杂志当时在欧洲宣传美国自由思想，效果最好。

《巴黎评论》创刊人乔治·普林姆顿于2003年逝世。现在的问题是，这位受人尊敬的文人生前知不知道 CIA 底细。我猜想，他是知道的。在年轻贫苦的时候，要在巴黎开创一本文学杂志，真是谈何容易。

现在要谈谈我个人与普林姆顿的交往。20世纪80年代初期，董乐山应康奈尔大学之邀来做访问学者一年。当时国内所谓“伤痕文学”正在盛行，乐山曾在上海《文汇报》发表一篇名叫《傅正业教授的颠倒世界》的短篇，获得该报征文比赛头奖。当时，正是“文革”结束之后的几年，美国文化界对中国文学情况极为好奇，普林姆顿来电请我写文介绍中国文学界现况。于是我将乐山的短篇小说译为英文，并应普林姆顿之嘱用问答方式（《巴黎评论》采访作家的特色）采访乐山（注：作者董鼎山胞弟，著名翻译家董乐山）。这篇名叫“*Literary Happenings*: *China*”的特写与《傅正业教授的颠倒世界》后来连续两期在《巴黎评论》（Winter, 1982; Spring, 1983）上发表。为满足美国读书界对中国文学与出版情况的好奇心，起到一些作用。

《巴黎评论》至今仍在出版，编者都是年轻人，仍保持《巴黎评论》当年风度，CIA则早已停止干涉。

（2012年6月17日）

关于戈尔·维达尔种种（二）

董鼎山

一位朋友来访，看见我的书架上有几本戈尔·维达尔著作，惊呼道："这位作家原来是同性恋，我近来在报上看到一篇文章才知道。"维达尔是我最欣赏的美国作家，他写过多部历史小说，我尤其喜欢他那些泼辣讥刺的时事杂文。

说到同性恋作家，20世纪四五十年代我在"狼吞虎咽"现代作家时就有些耳闻。英国有王尔德，法国有纪德、普鲁斯特，当时美国最著名的是杜鲁门·卡波特、剧作家田纳西·威廉姆斯、黑人作家詹姆斯·鲍德温等。我犹记得，肯尼迪总统时期，白宫邀请文艺作家相聚。维达尔（总统夫人杰奎琳的远亲）与威廉姆斯在阳台上望着弯身扶持栏杆向下观望的总统，指手画脚地评论，被一记者窃听到。诗人艾仑·金斯堡是同性恋，那是他自己宣扬的，众所周知。剧作家拉雷·克瑞默（Larry Kramer）于 1985 年写了一个剧本《正常的心》（Normal Heart）在百老汇上演，此剧讲述艾滋病猖狂蔓延时期一个断人心肠的故事，立时成名。克瑞默是同性恋者革命时期最活跃的人物。他的活动引起政府与医学界注意，今日感染了 HIV 者服药后可避免发展为致命的艾滋病，就是他的功劳。现在同性恋者已不再隐瞒这项秘密。每年初秋，同性恋者在纽约市第五大道举行大游行，服装奇异，已成为每年吸引本市人民与外地游客的大事。

关于美国同性恋作家的逸事，有兴趣者可阅读近来一本新书《杰出的非法者》（*Eminent Out-*

Laws），副题是“改变了美国的同性恋作家”，作者名 Christopher Bram。但此书内容并不包括女性作家。作者本人显然也是同性恋者，写过小说。他认为，美国的同性恋革命其实开始于“文学革命”，与女权主义及黑人民权运动同时发动。在第二次大战之前，同性恋被视为不正常行为，名家如亨利·詹姆斯、沃特·威特曼等也不敢公开。1948 年，金赛博士的男女性行为报告出版后，人们才认识到同性恋是自然天生，不是学来的。

在开始，最著名的两部同性恋作品是维达尔的《城市与栋梁》与卡波特的《其他的声音，其他的房间》，两本书同时出版。两人在性格脾气上互不相容。卡波特嗲声嗲气，犹如女人，维达尔则有男子豪气，他写文与说话尖酸刻薄，某次把詹姆斯·鲍德温形容为蓓蒂·戴维丝（好莱坞影星）与马丁·路德·金博士的混合体。读者与评论家重视鲍德温作品，往往忽视了他是黑人。

某次，《评论》杂志主编诺曼·波霍瑞兹之妻在该杂志上发表了一篇讽刺同性恋者的论文（质疑女同性恋者为何都养了雄壮大狗），维达尔于是写了一篇文章反驳，文章标题是《粉红三角与黄色之星》。黄色之星暗讽该对仇视同性恋的主编夫妇，他们是犹太人，在纳粹德国时期须佩黄星臂章来指认。维达尔的泼辣作风表露无疑，他是毫不让人的。

格林威治村剧作家爱德华·亚尔比于1965年写的剧本 Tiny Alice 上演。遭到名作家菲立浦·罗思批评，认为剧中的同性恋主角说话举止太像同性恋。当然，亚尔比本人是同性恋者，而罗思不是。

我有好几个同性恋朋友，都是心肠慈悲的好友，多年前有一个患艾滋病去世，令我悲伤。

（2012年2月18日）

海明威挥泪杀宠猫

董鼎山

在第二次大战之前的战场上，骑兵队还很盛行，战马受伤，战士不忍见爱马痛苦嘶叫，往往用子弹结束伤马的生命。西班牙内战时，海明威与一批思想进步的作家朋友一起去西班牙助共和政府与法西斯党徒作战。我还记得在少年时唱过流行歌曲《保卫马德里》，我想如今记得此歌的人已很少，但没有一个读者会忘记海明威。

近来读到从肯尼迪总统图书馆传出来的一个有关海明威的故事，令我甚为感动。1949年，海明威在威尼斯酒吧遇见一位名叫伊文维邱的当地望族子弟，两人谈话投机，互谈战地经验，成为好友，经常通信，海明威常说他的名作《老人与海》乃是伊文维邱给的灵感。他们所交换的信件中有15封存在肯尼迪图书馆档案文库，通信是在1953年至1960年之间。在此期间，海明威四海为家，辗转于古巴、美国、肯尼亚等国及巴黎、马德里等地，常告诉伊文维邱他的经历。在一封日期是1953年来自古巴的信中，谈及他如何不得不枪杀一条名叫威利的爱猫。因为威利被汽车碾断双腿，痛苦不堪。海明威不忍心举枪，旁边有人自告奋勇代行其事。海明威写道："我不愿让威利知道是陌生人杀它。那时一群外地游客乘车来此，我告诉他们，我不方便见客，请他们了解，自行离开。不料一个笨蛋竟这么说：'我们幸好碰巧看到伟大的海明威哭泣，因他不得不杀死他的爱猫。'"海明威继续写道："我骂了他，但详情不必告你。我当然惦念威利小姐。我虽曾杀过人（意谓在战场），但从没想到我会亲手枪杀我爱了11年的动物，一头断了双腿呼噜叫痛的小猫。”

被朋友们昵呼为“Papa”、以男子汉大丈夫英雄气概著称的海明威竟因爱猫的受苦而流泪。人对宠物的情感与人对人的爱惜相同。（我犹记得自己去年与女儿爱狗Trevor告别时的心痛，它因患重病必须被兽医安乐死）

海明威在1953年从肯尼亚寄出的信中说，他的愿望是“所有非洲动物都能与我玩扑克牌”，他把伊文维邱称呼为“酒友弟弟”，在信的结尾写了“Papa”。在1953年4月的一封信中，他说“Papa的肝、肾、血压都不错，医生做了各种测验，而且头脑清晰快速如常”，“收入税如此的高，出书越多，我越穷”。

后来，在1960年5月30日的一封信中，他说“我近来写得很勤快，自今年1月以来已写了10万字，每天写完后疲倦得不能写信”。

肯尼迪总统是海明威的忠实读者。古巴核弹危机发生后，美国禁止公民前往古巴，但肯尼迪总统特别准许海明威第四任妻子玛丽前往古巴去收集和带回海明威的旧信、存稿及其他遗物。这些遗物后来就存在肯尼迪图书馆。肯尼迪图书馆于4月1日开放展览他的遗稿旧物，还有去年11月从海明威基金会取得的旧信。海明威（1899—1961）系因抑郁症吞枪自尽，他的好友伊文维邱仍在世，年已80有余。

（2012年4月8日）

奥威尔品同行

董鼎山

读过小说《一九八四》的人都知道乔治·奥威尔是谁。当年，董乐山译本在中国出版时十分畅销，引起读者共鸣。有人常称赞译者的勇气，乐山则感谢我的推荐。由于我在美国读书范围广泛又自由，也曾向他推荐过阿瑟·库斯勒的《中午的黑暗》（*Darkness at Noon*）与I.F.斯通的《苏格拉底之死》（*The Death of Socrates*）。我对乐山在翻译方面的成就钦佩有加，不过他后来重译了埃德加·斯诺的《红星照耀中国》(早年译本名是《西行漫记》)，我则有些不解。此书在我青少年时代曾引起许多读者对延安的神往，大大影响了当时青年的革命意向。在他生前，我没有机会问他为何要重译此书，因为我觉得此书极深地影响了我们当年的思想。听说重译本出版后销了几百万册，他没有得到一分版税。《第三帝国的兴亡》首先替乐山扬名，但我觉得《一九八四》则是他一生最令读者赞赏的译著。

我今日之想到乐山的成就，也是因为看到一本新出版的《奥威尔书信集》，其中有论到奥威尔对几位名作家的意见，饶有兴趣。这本书信集的确切书名是《乔治·奥威尔：书信中生活》。在厚厚的一册中，他透露了极为丰富的生活经验：他在缅甸当过警察，在法国餐馆当过洗碗工人，在英国是个流浪汉，去西班牙参加过内战，在德国当过战地记者，也曾以务农为生。他生于1903年，死于1950年，在他的短短生命中，取得如此成就，这么多的著作！《一九八四》的出版，使他有机会预言未来世界极权国家和社会的可怖，怪不得他会引起无数受压迫读者的共鸣了。

奥威尔靠写作为生，一向贫穷，直到 1945 年出版了《动物农场》才首次享受到稿费收入带来的经济稳定。原来在西班牙参战时的经验令他认识了佛朗哥独裁者控制下的恐怖社会，《一九八四》的故事就此而生，今日我们还在对他的预言表示尊敬。

可是他对文学界同行的著作则颇多批判。例如，他不喜亨利·詹姆斯，认为他的作品“令我极度厌烦”。他以为弗·司各特·菲茨杰拉德被捧得过分：“《了不起的盖茨比》有什么了不起？”但他喜爱詹姆斯·乔伊斯的《尤利西斯》。他也捧扬战后出版的诺曼·梅勒的《裸者与死者》。他特别赞扬约瑟夫·康拉德：“一个出生于波兰的人，竟对当时英国政治有如此认识，如此大度，只能让同时代土生土长的英国作者惭愧。”对法国存在主义文学大师萨特，他特别藐视，称萨特作品“犹如一纸放屁，我要好好踢他一下”。

不过文学界，也有人批评他的文学口味，指他不能容忍他人。至于英国作家安东尼·鲍威尔以及以《回归线》(*Tropic*)系列而闻名的美国作家亨利·米勒(他的小说因为大胆描写房事内容，于20世纪30年代在法国出版时曾引起文学界与读书界一阵骚动)，却引起奥威尔的敬意，常与他们通信。

奥威尔于1950年去世，年仅46岁。20余年后，他的童年时代的女友(名Jacintwa Buodicon)曾在一封书信中对他表达不满，称他在《一九八四》中把他们的少年罗曼史写在故事里，但她后悔当年没有坠入爱河。童年时代，这位女友认识的奥威尔真名为Eric Blair。她在一封信中说："我后悔当年Eric从缅甸返回英国时没有接受他的求婚。直到多年后我才理解我们都不是十全十美的。但Eric是我所有认识人当中最不完美的一个。"

读了此信，我不懂她的见解何在。可是我们至少可以通过此书更多了解这位对当代思想界产生极大影响的作家。我为乐山翻译的《一九八四》在中国读者中引发的思潮而骄傲。

作为本文结束，我特别要提出奥威尔第一任妻子于1945年《动物农场》出版前患病逝世，恰在《动物农场》带来财富之前。生前她曾抱怨英国左派作家的贫困，甚至没有能力找个医术高超的医生看病。回想我自己一生写作也是清贫如洗，要靠其他职业为生。

（2013年9月15日）

阿加莎：我的资产阶级腔调启蒙

凌　岚

如果没有记错，那是 1981 年，跟待业在家的小舅舅一起去南京大华电影院去看《尼罗河上的惨案》，什么叫 eye candy，视觉盛宴啊，这就是啊！在这部大牌影星云集的电影里，我第一次看到珍珠项链，白色的礼服，喝不同酒用不同的酒杯，埃及古迹上的三角恋，心怀鬼胎拿腔作调地说话，唉，我被启蒙后艳羡留恋，那种余味无穷，不亚于宝黛偷读《西厢记》。

上译厂的配音，邱岳峰、毕克、丁建华、赵慎之的声音，那种不同于普通话的汉语，遣词造句都是外国味儿的中国话，在20世纪80年代初中国电影观众的耳膜上制造出的戏剧第五空间，礼仪、颓废、蛮横、娇矜、温柔、爱慕都是由声音表现出来的，我这么一个刚刚从尧化门农场进南京城读书的孩子，哪里见过这些花花肠子啊！更不要说阿加莎·克里斯蒂的剧情立刻把我绕进去了，看看听听这些个神仙一样的人物穿衣说话玩破案，就是天大的物质享受了。

从此投身做阿奶奶的忠实读者。

在葱白热情退潮前，那种如饥似渴的阅读，真是精神鸦片，据说她是第一个作品销售量超过《圣经》的作者。据我观察，英国文学里的纯文学和娱乐文学是此消彼长，互相渗透的。经典英国文学传统里的高大上，都有那么一点闹剧的离奇成分，或者是神神鬼鬼的野狐禅，比如《哈姆雷特》中的鬼魂出没、《麦克白》的巫婆预言、《黑暗的心》里上校发疯吃人，这是不是因为他们的文学高峰起源于戏剧？戏剧就得卖票，想卖票就得贩夫走卒都捧场，要贩夫走卒捧场就得有奇观有料，就得把小市民唬得一惊一乍？还是因为英国本土、威尔士、苏格兰、爱尔兰的奇门遁甲这些异教（paganism）的幺蛾子从来没有消停过？而畅销书这类，都沾了经典文学的命运感和人性悲剧，这些都稍微有一点点，这是阿奶奶的破案小说厚重的地方，让那些偷宝石偷情的俗套故事荡气回肠，客厅侦探们在茶余饭后更是有人性故事可以回味。

阿奶奶深谙此道。她的80多部侦探小说，名作不说，就连最不知名的作品，如《神秘的蓝色列车》，都有神叨叨的先验桥段，被害者忽然意识到自己杀身之祸即将到来，这种神来之笔是阿奶奶专用的，读者读得心惊肉跳，读者包括我的儿子，粉丝第n代。当代畅销的神怪巨著《哈利·波特》《权力的游戏》都专扒英国野蛮传奇路子，也是把读者唬得一惊一乍，欲罢不能。

阿奶奶的作品在英语世界的销量超过10亿，翻译成别的语种又卖10亿，不知道在现在刷屏刷公众号的中文读者群里她又能卖出多少本。

（2017年1月22日）

良知启蒙

凌　岚

春假后儿子的英文课一直在读《杀死一只知更鸟》，精读，每章节总结大意，写读书笔记，上课汇报讨论，老师评分。孩子读书笔记的成绩并不好，估计写得词不达意，因为我看到很多成绩B，但我知道他非常喜欢这本书，喜欢到爱不释手的地步。

喜欢也可以词不达意，这我可以理解，这些大男孩读文学经典，到底注意到什么，是什么打动了他们懵懂天真的心，成年人是很难预料的。过去读研究生时，导师给我讲过一个人类学上著名的故事：一个人类学家给法属殖民地，一个太平洋小岛上与世隔绝部落的土著岛民放言情电影，岛民看得津津有味，电影后有热烈持久的讨论。人类学家最后听翻译解释，原来岛民在讨论电影里的一只公鸡，人类学家看过那部电影，他根本不记得电影里曾经出现过公鸡的场景，他一遍遍看，最后终于找到电影里的公鸡！是在结尾处只出现了一秒钟！

看着自己孩子热烈地喜欢《杀死一只知更鸟》，我怀疑他和班上的男生们是不是也关注着非比寻常的细节，像土著岛民密切关注出现一秒钟的公鸡一样。

他们的作业最后是要自选一个书中人物，写简短的人物评论，一共五段话，写完，八年级的英文课就结束了。

儿子努力跟我推荐这本书，跟我聊人物和评论作业。他说最喜欢的人物，是那个混沌玩闹的熊孩子迪尔（Dill）；让他最心碎的，是那个被父母关家里空度

50 年光阴的布 · 莱德里（Boo Radley）。

书中男主角高大正义的律师阿提克斯（Atticus）不是他心仪的英雄，最后一幕的善恶斗争高潮他也没有太在乎。

迪尔在法庭上看到黑人，然后他出门为之大哭，这个情节让刚满 14 岁的儿子为之动容，他写道“迪尔作为家族中的弃儿，一直是个身份低下的贱民，被亲戚之间当皮球一样踢来推去，一直浑浑噩噩毫不知觉，但他很快乐，因为他是孩子，像婴儿一样无知无觉、无视歧视，直到他在法庭上看到黑人被羞辱，忽然产生自我意识，忽然明白什么是贱民，明白什么是社会不公正，这是他哭的原因。他的旋转木马一样的白日梦终于醒了，所以他忍不住大哭，而其他俩孩子并没有哭”。

迪尔哭完也就完了，照旧很快乐，唯一的变化是不再骚扰戏弄那个街区的疯子怪物布 · 莱德里。但这小小的变化，却是迪尔长大成人的开始。

布 · 莱德里少年时寻衅滋事，被狂热的教徒父母囚禁在家中不许出门，宅了50年。父母走了，哥哥继续管他囚他，一直被边缘化的他，变成了一个社区妖怪，家中不停地被塞纸条，被街道上寻衅滋事的顽童迪尔戏弄。这样一个人物，让我儿子心碎，心碎程度远超过书中受不白之冤在逃跑中被杀的黑人。布·莱德里最后出手救了兄妹俩，被孩子们当作英雄，一生唯一一次有人陪伴着光明正大地回到家中，少年读者们觉得出了一口气，给了心地善良遭受父母虐待的布·莱德里一次亮相的机会。

儿子最后写道："《杀死一只知更鸟》的伟大在于，它写出孩子心中直觉的是非观念，社会公正。"

我后来上网查媒体对此书的标准书评，几乎没有一个职业书评人会对迪尔和布·莱德里这两个人物倾注这么多的爱和心碎。文学经典的伟大正在于此，一本书里有那么多故事和线索可以被谈论、铭记和玩味。

《杀死一只知更鸟》对于美国初中生的意义，远不止英语教育，像我儿子这样拼命打游戏"League of Legends"（英雄联盟）的初中生，在爱和心碎里他的良知被开启，这比多少政治思想说教都管用。在爱和心碎里是最宝贵的赤子之心。

以此纪念2月19日去世的美国作家哈珀·李。

（2016年2月28日）

向迪伦致敬：广场上的斯宾诺莎

凌　岚

迪伦 14 岁弄了平生第一把吉他，然后自己组建乐队，在学校的才艺秀上表演，据当时学校的一位好学生回忆，演到一半，校长来叫这个学生拉上幕布，因为不正确，不适合给学生看。什么是正确的呢？当时流行的正确歌曲是《橱窗里的狗狗多少钱？》。迪伦出生于 1941 年，他的少年时代是 20 世纪 50 年代中期，迪伦在回忆录里写道："那不是我们的生活，我们不是那样的，我们天天训练怎么去躲空袭，抓查理，没有去想橱窗里那只贵宾犬多少钱。”迪伦登台，暴雨将至，此后他一生每到转折点，都遭遇粉丝责难，“拉黑取关”。

1965 年 7 月，罗德岛的新堡音乐节（又叫纽波特音乐节，Newport Folk Festival）他插电唱民谣，《梅姬农场》《像一块滚石》，在震耳欲聋的电吉他噪声里，粉丝恨得差点把音乐厅给砸了。两年前的 1963 年，在同样的音乐节，迪伦是当时的“歌神”。何曾想仅仅两年歌神就蜕变成摇滚歌星，歌迷急了！纽波特音乐节是摇滚乐的里程碑，这是多年后的共识。而在当时，呵呵，天都要塌下来了。

10 年前，一个同事知道我是迪伦迷，送我一本迪伦传，《找不到回家的方向》（*No Direction Home*），当时我读书心切，跳着读，印象最深的是书里写歌迷对迪伦不满，每两年就有人跳出来，说他“背叛”，失望、责难、批评在他成为时代标志性人物以后一直没有停过。比较严重的干扰和伤害，是 1966 年在名声鼎盛时到英国的演出，那一次触动到迪伦的内心。他后来刻意远离人群，躲避名声，独狼一样离群索居，对他以后连续不断的创作也是必要的自我保护。

他至今出过37个歌集，而且没有退休的意思。近10年来他的演唱炉火纯青，比如2006年的《摩登时代》，2016年的《堕落天使》是我听过的最好的演唱，苍老的声音里是炉火纯青的布鲁斯，老去原知万事空的沧桑感和韧性，把他嗓音的特色发挥到极致。他像一个《圣经》里走出的先知，又像一个在作法招魂的千年老妖。还有什么比音乐更长久的？那些死了的天才诗篇，被埋没的民谣歌手，被迪伦招魂一样请回来，伍迪·刚瑟雷、“垮掉一代”、艾略特、莎士比亚、圣经……（迪伦不止一次被指责抄袭前辈大师，现在诺贝尔奖评委给了一个更好的说法，“诗歌大师们的集锦”）他翻唱爵士乐老歌，向弗兰克·辛纳屈（Frank Sinatra）致敬，他在怀旧中又忍不住加上自己商标式的叛逆色彩，烟雾缭绕的20世纪东村酒吧里的残破，混不吝，就像他说的：“你得把每一块陈年老石头都翻开来研究，揣摩。”

我暗自比较过几个20世纪巨人级别的歌手，猫王、迈克尔·杰克逊、皇后乐队的主唱弗雷迪·莫库里（Freddie Mercury），迪伦跟他们比，嗓音是最不出色的，出道时被讥笑为“肺痨病人在唱歌”“漏风的音箱”。关于他的破锣嗓子，音乐出版人阿蒂·莫歌尔（Artie Mogull）讲过这么一件事，有天，知名中介阿尔伯特跟他说：“我下星期让一个人来见你，叫鲍勃·迪伦，手里弹吉他，脑袋上缠一把口琴。”莫歌尔问声音呢？阿尔伯特答“声音不咋的”。

莫歌尔后来回忆说：“从没听说过这等事，百老汇从来没见过。”莫歌尔见到迪伦后，都没听完他唱“一个人要走完多少条路才能成为人”，莫歌尔的眼泪就要下来了，得叫迪伦停下，别唱了，“就是你了！”莫歌尔为自己骄傲，因为他是那个年代不多的，不只听嗓音，还会去听歌词的人。幸亏莫歌尔是这样的，不然就迪伦那副破嗓子，“美国好声音”的地区初赛就得出局。

获诺贝尔奖消息后的第二天，《华尔街日报》用整整两个版的篇幅，回顾迪伦的音乐生涯，歌词金句，也委婉地对瑞典皇家学院把文学奖颁给一个歌词作者提出质疑，它引用这几年文学奖的热门候选人乔伊斯·奥兹（Joyce Carol Oats）的话："如果可以颁奖给迪伦，是不是也该给披头士颁奖呢？"有这种共鸣的人不在少数。

按照瑞典皇家学院的说法，"迪伦的歌词创作改变美国时代诗歌走向"，反对者会问除了披头士，爱尔兰的U2乐队呢？再比如布鲁斯·斯普林斯汀（Bruce Springsteen）？哪里差了……要说诗人兼音乐家获得诺贝尔文学奖，迪伦还真不是第一个，1913年获奖的印度诗人泰戈尔，一生创作了几千首诗歌，他也是改变印度音乐史的天才，泰戈尔除了写诗写歌，还是职业画家。泰戈尔被称为"孟加拉的荷马"，印度和孟加拉国的国歌就是出于他手。借着英文在全球的传播，迪伦的歌是当代人的荷马史诗。

迪伦是犹太裔，真名姓齐默曼（Zimmerman）。他的犹太老乡，也是诺贝尔文学奖获得者的波兰移民作家辛格，有一短篇小说《广场上的斯宾诺莎》，写一个躲在华沙闹市阁楼上的哲学大师，在二战初，德国大兵压境、风雨飘摇的前夕，忽然一日发现了爱情，体会到男欢女爱的美好。这让我想起迪伦在《我一生的背页》中的歌词："哦我曾经是那么古老，我的现在远比那时年轻妖娆。"这句歌词在《华尔街日报》编辑的"迪伦金句"里排名第一，估计是因为它携带的一丝浪漫和希望的气息。现今的美国，无论是政治经济还是人心走向都处在疑虑重重之中，一丝浪漫和希望是多么宝贵，哪怕它来自广场上的斯宾诺莎。

（2016 年 10 月 23 日）

英　雄

穆　青

1827 年 3 月 29 日下午 3 点，维也纳街头挤满了致哀的人群，他们在这里向一位巨人致敬。

当时的维也纳是欧洲最强大帝国之一的首都，而这场葬礼，并非为某一位哈布斯堡王朝的国王或者王后举行。人们前来悼念的，是一位作曲家——贝多芬。街道被上万送葬人堵得水泄不通。据说葬礼结束后还有人重金贿赂掘墓人，请他把大师的头颅挖出来，要带回家好好供奉。

此等荣耀，另一位维也纳巨人没有享受到。仅仅在不到 40 年前，同样在这里，同样是不朽的天才，莫扎特在贫病中惨然辞世。没有仪式，没有崇拜者，我们只记得丧葬工最后扬起的那一铲石灰，盖在了坟头。

今天，音乐家绝对是这个星球上追随者最多、影响力最广的群体之一。这个情形大概恰恰从 200 年前开始萌芽，莫扎特没赶上，贝多芬成为史上第一位国际巨星。

19世纪的晨曦见证了音乐家从食物链低端的崛起，那是欧洲的革命年代。工业和商业一起重塑人们的生活，法国大革命的爆发更是震撼了整个欧洲大陆。这时，在思想和创造力领域也兴起了一场革命——浪漫主义。

音乐在乱世中崛起，既反映时代也塑造时代，从来没有其他哪一个世纪造就过更多的作曲家：威尔第、瓦格纳、贝多芬、舒伯特、李斯特、罗西尼、肖邦、马勒、德彪西……

向贝多芬的宏大告别，将音乐与那个时代的关系推到了高潮。

如今去维也纳，有两样旅游纪念品你肯定躲不过，即便不买也一定见过。一是莫扎特糖（Mozartkugel，或者叫 Mozart-bonbon），那是一种牛轧糖、杏仁糖和巧克力混合的圆球状甜品。这玩意儿出现在莫扎特死后的 100 年，那一幅通过糖纸而传遍全球的天才肖像也是在他死后多年才画的。另外一样，便是贝多芬胸像复制品小雕塑。这尊像的大小复制品，在主人去世前 15 年，也就是 1812 年就开始在欧洲广泛流行，他的脸庞具有一切招人崇拜的经典元素：巨星必备之坚毅轮廓——方下巴，睥睨一切的高傲眉毛，额边两鬓凌乱迷人的鬈发。最重要的是，他活在最对的时代，最对的地方。

法国的大革命干掉了皇帝，也释放出了一股横扫欧洲的自由和民主精神。贝多芬在这样一个世界里长大。这时不同阶层的人已经有一定的可能和机会通过自身的才华和成就实现自身的价值。音乐，便将是他的通行证。

于是 1803 年，贝多芬开始了一段用音乐来捕捉时代精神的旅途，他决定为一位当世英雄画一幅音乐肖像：拿破仑·波拿巴。拿破仑在贝多芬眼里代表着新世界的秩序和价值，是平民意志的代言，贝多芬迫切地想要捕捉住这一分英勇、平等和正气，将这股气息翻译成音乐语言。这就是《英雄》交响曲（Eroica）。

《英雄》具有前所未有的勇武力量，开篇像一记惊雷。然而这一部最初献给拿破仑的交响乐尚未完成，“英雄”就忽然间宣布称帝了。

原来什么都没有变！

这就像《豹》里那位亲王所说：“变，只是为了不变。”贝多芬失望、愤怒、恶心交织，将拿破仑的名字从首页画掉，这部作品于是变成了献给音乐家心目中无名英雄的赞礼。《英雄》是关于公正、荣誉和勇气的表达，他不能被独裁所驯服。

这时维也纳新开了一家剧院，Theater an der Wien，维也纳剧院（维恩河畔剧院）。装修豪华，位于中产阶级聚居区，一开门就走红。《英雄》最初在赞助者——一位亲王家里首演的，第一次公演即在河畔剧院。贝多芬再也不用仰仗、依靠贵族的豢养。贵族的喜好、品位不再能够左右他，他从此开始了自由无疆的表达，为他自己，也为更广大而狂热的粉丝。

1808 年 12 月，一个寒冷的冬夜，他推出了一场令人兴奋的音乐会：钢琴协奏《合唱幻想曲》，咏叹调，两部交响乐，其中就包括那部永远的里程碑——第五交响乐。一场 4 个小时无间断的音乐会是激动人心的，也是前所未有的。他的天马行空、无所顾忌从此赋予了他神一般的地位。

在那个时代，贝多芬的音乐全新，勇猛，横冲直撞，像冰面下的炸药。可也许是因为太熟悉，也许是因为时过境迁，今天的我们已经再难听出他最初想要传递的那些信息了。

（2016 年 8 月 7 日）

绅士风度

穆　青

我的朋友茱莉亚好色。每和她聊起这个话题，我都有点优越感，告诉她，我重德。实际上我是个唯漂亮论者。对应她写的“君子容止”，交上一篇“绅士风度”，算是我对美好德行的答卷。

绅士这个词立刻能唤醒脑子里的很多形象，却找不到一个权威定义。它引发的联想可能是：英国风格、阶级、男子气概，再不就是得体雅致的穿着举止，或者礼仪，或者情操。但也可能是：虚伪、刻板、压抑和过时的言行。

不能定义，总可以描画吧？然而描画也不容易。有人说“看见时我们一定认得出，却无法解释得清”。

有一份1731年就创刊的《绅士》杂志，在出版发行了将近200年以后的20世纪头10年，还在争论这个头衔究竟涵盖了哪些意义，结论是：模糊！（“the title of gentleman covers interpretations of a thousand shades, and is…conveniently vague…”）美妙之处也许正在于此吧。模糊赋予了它个性和生命，每个人都可以给出不一样的解释。

再看看牛津词典的定义：1. 彬彬有礼、有教养的男人。2. 有身份的男人。3.（礼貌用语）男士的通称。4. 用于公共男厕所的标志。

语言乏力的时候，行为也许可以说得更清楚。让我讲三个印象深刻的绅士故事吧。

1912年4月15日，“泰坦尼克”号沉没时，它的男乘客们，用拒绝登上有限的救生艇这一行为，集体诠释了他们心目中绅士的意义。

丹尼尔·马尔文对新婚燕尔的妻子说："没事的，小姑娘，你先走，我再待一会儿。""要勇敢，无论发生什么，都要勇敢。"明纳罕医生一边后退一边叮嘱他的太太。

义赛多·斯特劳斯是美籍德裔商人，梅西百货的主人，"我绝不会先于其他男人一步逃生"。

桥梁工程师华盛顿·洛布林，留给人们最后的记忆是：在帮助几名妇女登上救生艇后，他"靠在栏杆上，点燃一支香烟，挥手作别"。

本杰明·古根海姆，这位富商世家子弟，"现在，让我们去穿上晚装，风流倜傥地站在这儿……我们穿好了，可以像绅士一般地沉没了"。他的女儿玛格丽特·古根海姆（人称佩吉），创立了著名的威尼斯古根海姆美术馆，扶持了诸多大师，比如杰克逊·波洛克。最令我动容的，是作家、编辑威廉·斯蒂德，"拿着一本书，走进了一等舱吸烟室"。华特·道格拉斯的妻子请求他一起走，他说："不行，亲爱的，我是一名绅士。"

这句话，浓缩了他一生的价值。

这是生死关头的绅士，他们将履行了一生的理想和规则，最后一次华丽地呈现给历史。

然而世界在变。过去说“绅士是没有职业的”，他不用为生存而掌握某一项技能。然后中产阶级出现了，律师、医生、商人，他们各有一技之长，并以之谋生。

移民作家石黑一雄（Kazuo Ishiguro）的小说《长日将尽》（*The Remains of the Day*），在探索绅士价值观，例如传统、荣誉、忠诚、尊严、职责的同时，把他们头上笼罩了几个世纪的光环一一取下。

书中的达灵顿是标准的英国绅士，面对一触即发的战争，他却在极度绅士理想的指引下，寻求对敌人的友善，甚至在《凡尔赛条约》后倡导对德国的公平。他的名言，“一旦对手已经被击倒在拳击台上，比赛就结束了，你不能再走上去踢他一脚”。这是整个上流社会对好男儿当遵循骑士气概和公平游戏谆谆教导的回声。

然而一个美国人，对达灵顿们所痴迷的这一套价值观完全不买账。他称他们是“幼稚的梦想家”，在国际事务上“很业余”。他说：“如今的国际舞台，不再属于业余的绅士。请问在座各位，优雅的，具有美好愿望的绅士们，你们知道这个世界正在发生什么吗？依靠你们高贵本能的时代已经不在了。”《长日将尽》告诉人们，不合时宜的怀旧和理想的泛滥，是危险的。

伊夫林·沃的《重返布莱兹赫德庄园》可算是对绅士传统的一首颂词，但也是一首挽歌。作者笔下的阿卡迪亚被人们称作神话中的上流社会，而主人公塞巴斯蒂安，一个贵族美少年，风华绝代，身上颇有中国魏晋名士的怪诞不羁和狂放。然而战事一起，阿卡迪亚那个浪漫的贵族社会无可挽回地远去了。眼前崛起的这个“平民时代”令作者害怕。在他的眼里它的来临是对美好和优雅的不敬。

绅士是随着泰坦尼克号一起沉没了，还是被一战消灭了？抑或我们的时代根本不需要了？

（2016年3月20日）

无力和恐惧

穆　青

也许“波特小姐和她的世界”并非人人都熟悉，可彼得兔（Peter Rabbit）一定无人不知。彼得和他的堂兄本杰明这一对顽童般的名副其实的小兔崽子，都是波特童话世界中的一员。

那是一个设定在山雨空蒙里的世界，时间静止，岁月永恒。但，绝不静好。在那23本小方块形状的故事书里，从来没有迪士尼世界里的“王子和公主从此幸福地生活在一起”的圆满结局。

波特小姐（Helen Beatrix Potter）写作的年代，是不列颠这架帝国机器隐伏的各种资本主义危机开始显现的时候。现实生活中的基本法则：吃或被吃，通通被写进这优美的童书里，满篇都是。从翻开第一本第一页开始，彼得去找堂兄玩，出门前来自母亲的谆谆教诲，不是中国式的“别弄脏衣服”或“早点儿回来写作业”，也不是美国式的“玩得高兴，妈的蜜糖”。而是，“不要去麦葛瑞格的菜园子厮混，你爹就是在那儿出的事，被麦太太做成了肉派的馅儿”。

我心里一咯噔，孩子们却并不以为意。他们感兴趣的是彼得和本杰明的淘气，麦葛瑞格夫妇被戏弄所带来的种种戏剧性情节，甚至麦太太“出门时戴着她最好的那一顶软帽”这种细节。

汤姆小猫，被一对大老鼠夫妇，塞缪尔大胡子和安娜玛丽亚捉住，已经被擀进了一个卷布丁（roly-poly pudding）里，若大人迟来一步他就已经被送进烤箱，成为老鼠夫妻当天的晚餐。

孩子们依然没有同情和焦虑，他们只是小动物，本能地信奉达尔文。

只是我每天做饭时，他们会在一旁添油加醋地想象，妈妈你今天做的是卷布丁吗？于是学着塞缪尔大胡子给他媳妇说菜谱的口气，在一旁指导我，少许黄油，少许盐……擀、擀、擀。甚至擀面杖也因此被赋予戏剧性，一次坐在推车里跟我逛厨具店的女儿，忽然两眼放光，大喊："妈妈，擀面杖！"

在波特的世界里，没有英勇的骑士来主持正义，也没有民主与法制来匡正秩序，统统没有。最好的结局便是侥幸逃脱。鸭妈妈吉米玛，不就眼睁睁地看着将成为自己孩子的蛋们被狐狸托德先生据为己有吗？

私产随时处于被更大更猛更有力的种群侵犯攫取的危险之中，两只坏老鼠趁主人不在，闯进玩具屋里，却发现里面的食物都是石膏做的，一怒之下将整个屋子砸得稀巴烂。狐狸托德先生，是一个挥霍的资产阶级地主，长尾巴在西装底下特别有范儿，坐在路旁长椅上读报的绅士模样，鸭妈妈一见就五迷三道的，而且得知托德先生还有起码半打房产，怎会想到他还整天待在路边打穷人的主意呢，连几枚鸭蛋也不放过。

达尔文式的凶险竞争，适者生存被长期用来描述两条腿的动物世界，波特更把这一启示嫁接到这些长着小尾巴和小胡子的小东西身上。在薄薄的一层文明面罩下，有的仍然只是红牙利爪。因此汤姆小猫的妈妈，给他穿上英俊的蓝外套，黄铜扣子，并叮嘱他和姐妹们，穿上衣服，就得用“后腿走路”，立即变得人模狗样。可只需片刻，汤姆姐弟就开始四爪着地，没命地刨，一会儿就露出本性，脱光了撒丫子，衣服被一群贼鸭子偷走。所谓文明只是母亲一瞬间的幻觉。

与迪士尼对照明显的，波特从来不给团圆结局。大多数时候，翻到最后一页，猫三狗四这一次侥幸逃脱了，使我大松一口气，却并不敢多想。小猪布兰德逃脱了去市场的命（什么市场？还能有什么？生猪市场啊），路上遭遇浪漫，结尾是他牵着那穿裙子的小黑猪，颠着四只小猪脚，蹦跶着穿过山峦，远走高飞。可山的那一边，很远的地方，是哪里呢？我们暂时不用想，让我们先静好两天。

更不用说，有任何道德标准在故事中被建立。这些毛茸茸的小朋友，会永远日复一日地重复他们的生活，淘气、小心、疏忽大意，直到有一天被逮了、被吃了。

无力和恐惧，就是真相，没有别的。

（2016 年 5 月 29 日）

马克·吐温与哈雷彗星

陈　安

世界上巧合之事太多，古今中外艺术家就有很多巧合的故事传为美谈。

英国出了个莎士比亚，中国出了个“中国的莎士比亚”——明代戏曲家汤显祖，他写《牡丹亭》那年（1598），莎士比亚撰毕《威尼斯商人》。两人均殁于1616年，西班牙的塞万提斯也死于这一年，且与莎士比亚死于同一天——4月23日，而莎士比亚的生日也是4月23日。联合国教科文组织因此选此日为“世界读书和版权日”，希望这个世界有更多的人读书，同时也保障著书人权利，让他们写出更多好书。

俄国有位富有才华的音乐家——普罗科菲耶夫，代表作有交响乐童话故事《彼得与狼》、歌剧《战争与和平》和芭蕾舞剧《罗密欧与朱丽叶》，还有一部交响合唱《向斯大林欢呼致敬》，结果与斯大林死于同一天——1953年3月5日。不过，当时苏联媒体只报道斯大林的死讯，而未发普罗科菲耶夫的讣告。10年前，纽约卡内基音乐厅一次音乐会的曲目包括《向斯大林欢呼致敬》，音乐会的主题则为“音乐与独裁：斯大林统治下的俄国”。

美国戏剧家、诺贝尔文学奖得主尤金·奥尼尔的生、死于同样的环境：1888年10月16日生于曼哈顿时报广场巴若特旅馆房间，1953年11月27日死于波士顿喜来登饭店401号房间。他一生的最后一句话是：“我知道，我生在旅馆房间，上帝罚我，要我死在旅馆房间。”

他年轻时就远离家门，当过水手、记者，到过南美、南非，也许他是希望在广阔的天地里离世而去，而不愿憋死在逼仄的居室。

美国和俄国的两位文豪马克·吐温与列夫·托尔斯泰死于同一年——1910 年。《伦敦每日邮报》报道马克·吐温病逝消息时写道："除了列夫·托尔斯泰，几乎没有哪一位作家像他的逝世那样激起那么普遍的崇敬和悼念之情。"

马克·吐温的生卒时辰十分奇特。他生于 1835 年 10 月 30 日，出世前 20 天，天空中出现哈雷彗星。1910 年 4 月 20 日，哈雷彗星再度出现，翌日马克·吐温即与世长辞。此应是纯粹巧合，但马克·吐温自己的预测却包含着睿智和幽默。他于 1909 年写道：

"我于 1835 年与哈雷彗星同来。明年它将再来，我将与之一起离开。假若我不与哈雷彗星同走，那将是我一生最大的失望。上帝无疑说过：兹有两种莫名其妙的怪物，他们既同来，就该同去。"

马克·吐温不是怪物，可世上有那么多巧合，还真有点儿奇怪，那不会是上帝的安排，恐怕连上帝也觉得不可思议呢。

（2015 年 5 月 9 日）

笑谈诸国人

陈　安

美国杂文家乔·奎恩南（Joe Queenan）给多家报刊撰写反讽幽默文章，自嘲为新闻界“丑角”。《华尔街日报》有其专栏，不久前有一篇文章笑谈各国人，主要矛头指向俄罗斯人，似乎其他国家的人尚好理解，俄罗斯人简直不可理喻。

奎恩南先谈自己的同胞：“美国人喜爱开高速车、住大房子、去海滩。我们怀疑权威，爱干我们自己的事儿，下班要早点，可以每天去看电影。我们是派对动物，也人人都想发财致富。”当然，他说，欧洲人不懂美国人为何如此喜爱枪支和淡啤酒。

然后谈法国人：“让法国人动心的是：食物、葡萄酒、文化、法兰西。法国人对世界其他地区的态度是：我们有巴黎，你们没有。我们明白这一点，知道法国人源自巴黎。”不过，他说，美国人不明白法国人为何如此宠爱美国喜剧演员杰里·刘易斯。

再谈英国人：“他们喜爱皇家剧院提供的没完没了的滑稽肥皂剧，对足球、板球和温布尔登网球赛认真得要命。他们有从琐闻逸事中觅得乐趣的非凡才能。他们因感到大不列颠不可毁灭而极为骄傲。他们不认为英国是欧洲的一部分。”可是，他说，没有人理解英国人为什么把褐色而不是绿色看作春天的颜色。

至于其他大多数国家，奎恩南觉得都比较容易理解：“意大利人热情奔放，中国人足智多谋，日本人自说自话，瑞士人谦恭低调。”还有巴西人、澳大利亚人、德国人等，都不难了解，连加拿大人也并不神秘，他们爱说："我们不在乎其他人怎么想，我们就爱生活在北国寒带。"

对俄罗斯人就不一样了，奎恩南一口气说了一连串不理解："我不明白他们为什么喜欢伊凡雷帝、历届沙皇、约瑟夫·斯大林和弗拉基米尔·普京这些人。我不爱他们的饮食。我不知他们为什么有自杀性的酗酒习惯，也不知为什么俄罗斯男子平均寿命只有 64 岁却没引起惊扰。"

尽管长期的冷战早已结束，但许多美国人至今不喜欢俄罗斯。不过，笔者觉得奎恩南应该提到许多美国人至今喜爱俄罗斯文学。纽约眺望出版社于 2013 年开始推出俄罗斯经典文学作品英译本，计划在 10 年内出版 125 种，形成一个"俄罗斯文库"。出版人彼得·梅耶说："俄罗斯文库将通过文学把人们聚集在一起。"

（2015 年 8 月 8 日）

五

生活在此处

所谓乡愁

刘荒田

一位来美超过35年的乡亲，忆及20世纪70年代末，离开家乡到香港去的情景。那时，她的丈夫随公公婆婆在九龙开小杂货店，她和3个儿女一起经过海关，和丈夫会合，再到美国驻香港领事馆申请签证，赴美国旧金山定居，那里有她的父母亲和兄弟。一家即将团圆，还有什么遗憾吗？有。

她和儿女坐在从广州开往九龙的直通车上。没满月的儿子被母亲背着。两个女儿，一个 4 岁，一个 2 岁。小的伏在妈妈的膝盖上，大的看窗外疾驰的风景。家乡早已被抛在远方。乡村的老屋，他们离去后，剩下年过 70 的太婆婆（丈夫的祖母）。这些年，是老人家帮助孙媳妇，把孩子拉扯大的。车窗上撒下密麻麻的雨点，沿途的树木、河水和稻田变得朦胧。

4 岁的女儿哇一声哭起来。妈妈惊问什么事。女儿揩着眼睛，哀哀地说："下雨了，'白白'（乡间对曾祖母的称呼）晾在禾堂的衣服，要给淋湿了！"是啊！老人家在井台旁洗了全家的衣服以后，晾在禾堂的晒衣竿上。平时，大女儿在家，一听到薄铁做的天井盖响起扑扑的雨声，就跑出去，把衣服收回家。老人家有风湿病，走路困难。以后，谁替她去禾堂收衣服？

当妈的这阵子才记起，这些日子光想着和丈夫、父母团聚，乐昏了，忘记了，他们离开后，含辛茹苦一辈子的老人要在老屋孤独度日。列车外的雨愈发凶猛，女儿仿佛看见暴雨里老人颤巍巍的身影，滴水的白发，手里抱着从晒衣竿收回的衣服，"以后没人替'白白'

收衣服了！”和母亲相拥着，号啕大哭。“大女儿年纪轻轻落下眼疾，医生说，是因为曾经哭得太凶的缘故。”

乡愁原来是极具体的，小女孩对家乡的眷恋，凝缩在几个关键词上：晒衣竿、雨、老人，而不是名山大川，青史与版图。“乡愁是美学，不是经济学。思乡不需要奖赏，也用不着和别人竞赛：我的乡愁是浪漫而略近颓废的，带着像感冒一样的温柔。”这是王鼎钧先生的经典之句。进一步说，乡愁的种子撒在原乡，它的芽破土以后，当然可以移植，可以嫁接，可以开花结果在异邦，但脱离了血肉淋漓的生命体验，以理论、以族谱和历史所建构的逻辑缜密的“理性乡愁”，不敢说绝对不存在，毕竟费力不讨好。

我所以起这样的感慨，是因为在前几天聚会上的一场争论。乡亲的儿子，美国出生，名校毕业，拥有两个硕士学位，一直从事机密的国防科技，年过30，依然单身。他向不是亲戚就是乡亲的在座者宣告：我是美国人。身为第一代移民的堂叔反感地问：“难道你不是中国人？”年轻人说：“我当然是，但，我不想强调这一身份。对于‘你是谁’的发问，我的标准答案一律是这个。”顿时席间起了骚动，我在一张张脸上读到反驳和责难。数典忘祖，挟洋自重，这类重话，差不多要出口了。

这年少气盛的“美国人”要我发表意见。我说，这一表述没有错。这是第一义。一如“广东人”的概念中含“中国人”。将“美国人”细化，方有亚裔、非洲裔、拉丁裔之分。第一代移民在美国繁衍的后代，对“故国的乡愁”一路递减，乃是自然规律。让他们当完完全全的美国人何妨？我们可以让他们从小学中文，但孩子长大后忘记了父母的母语，我们不要惊诧。我们可以宣扬故土的灿烂文明，鼓励后代继承、发扬，但是，如果他们将之与其他文明等量齐观，我们不要生气。乡愁是我们的精神必需品，但只是土生土长后代的文化选项之一。

那位为了无法在下雨时替曾祖母收衣服而痛哭的女孩，如今已到中年，她的女儿不止 4 岁，她多半不会向女儿讲述这段经历，因为太多隔阂，尽管和已年过花甲的母亲不时谈及。

（2015 年 7 月 4 日）

血浓于水

陈　九

不久前，我80多岁的母亲在北京因病住院，并一度危急，医生竟下了危重通知，把我吓得屁滚尿流。那天深夜，纽约深夜北京白天，我突然被电话铃惊醒，小婶在另一端说，九啊，吵醒你是没办法，医院给你妈下了危重通知让签字，你不在，我能签吗？我咣地懵了，竟来不及哭泣，一片空白。

母亲本因哮喘入院，不久即发现血小板急剧下降，从正常值降至不到1万。医生考虑她高龄，又有高血压，如发生颅内出血后果不堪设想，因此下了危重通知。我在电话里问医生，原因是什么？待查。现在怎么办？最好马上输血小板，让病情稳定，为治疗赢得时间。赶紧输啊？万没想到医生竟回答我，本院没有AB型血小板，家属须自行寻找。

自行寻找？您干这个的都没有，我们到哪找去？

无论理解不理解，都不重要，重要的是如何尽快找到合适的血小板。遗憾的是我与母亲血型不同，否则会毫不犹豫回国献血。所以此时此刻必须找到血浆，有了血浆就有血小板，有了血小板才能让老人的病情稳定。我把对母亲的全部关注，迅速转化为如何寻找合适的血小板。如何寻找呢？我毫无头绪。

我请小婶想办法。

我请朋友想办法。

我请神仙想办法

……

本想让他们设法找到商业献血者。坊间常有卖血一说，我抱着侥幸心理希望找到线索，除此别无他法，我从未感到如此无助。可他们的反应几乎相同，都说那些血源质量参差不齐，福祸难料，还是慎重为上。那怎么办？最终也没谈出结果，大家都说分头想办法。我的心情咣地沉到谷底，这才把泪水呼地挤压出来，像音控喷泉。我想不出办法，一片茫然，这才发现故乡对我来说竟如此遥远，像跑马溜溜的山一样。我觉得海水灌进来了，我开始下沉。我的老娘亲啊！

第二天傍晚是中国的黎明，我迫不及待与母亲通话。万万没想到，她竟说她昨夜输血了。什么？喂喂，大声点，再重复一遍普立斯（please）。母亲平静地重复道：我输血了，一直输到今晨5点。我还没听懂，不断请她重复。老人终于烦了，说你中国人连中国话都不懂？看我不抽你！

原来呀，是神仙显灵了。

比如，某位友人急伸援手为母亲找的部分血浆。小婶的女婿王凯老弟，他的老板是AB型血，听到消息后二话没说立刻献了几百毫升血。我战友刘毅也是AB型，也赶往医院献血。我妹妹的同学姜女士，AB 型，为献血中断出差，匆匆赶回北京。小婶还动员了她娘家所有 AB 型血的亲属排队待献，等等等等。

这些细节把我震得像踩了电门一样嗡嗡作响。我突然意识到，只有亲朋好友才是我的神仙，我生命价值的支撑者，我存在的意义所在。离开他们，我的生命就失去重量，就飘了。总说血浓于水，其实浓的不光是血，更是情感。中国人正是靠情义凝结在一起，中国人毕生追求的就是一份好情感、好情义，这才是我们的信仰所在，是我们渡过难关顽强生存的永动机。中国的美好未来并非想象的那么难，就看你能不能得到人民的信任，把他们的好情感调动起来。鲜血都能献给你，还有什么不能给的？千万牢记，牺牲什么也别牺牲人民对你的信任和情义，关键时刻只有这份情感能拯救你，拯救我们的国家。

大恩不言谢，我的亲朋好友呀，我思念你们，就像思念祖国一样。

（2013 年 9 月 29 日）

两个断指

刘荒田

旧金山南郊，靠近 101 高速公路，有一家远近驰名的赌场。旧金山湾区的中国人，给它贡献了多少金钱，天晓得。只有赌徒们走出赌场以后的钱包、支票簿晓得，被迫交给银行的房契晓得，信用卡公司按月邮寄来的借款单上“驴打滚”式的利息晓得，离婚证晓得，欠条晓得，“大耳窿”（放高利贷者）的枪和刀晓得。开小小建筑公司的中年老板，一本正经地揣上客户所交的定金，到郊外的“家乐福”去采买木材和铁钉，看时间还早，绕进赌场去，“铁定玩三铺，输赢都走人！”不料坐下去起不来，最后输得精光，第二天没法开工。我的一位老友，退休以后，因为无聊，也成了赌场的常客。到目前为止，还能自控，一天以300元为本钱，赢了即抽身，所以没被吞噬。但他知道前景难卜，尤其是看到以下场面以后：

一个中年女士，消失了一段时日，最近又在赌台前现身。知情者指给我的朋友看她的左手，小指和无名指都失去一截，已痊愈，无碍于运转，但也不大拿得住咖啡杯。这一回，陪她来的是丈夫。进门时带来5万现款，价值100块、500块的筹码，高高地竖在百家乐牌桌上。小半天下来，筹码矮下去，消失了大半。在旁观战的老公终于忍不住，把她一把拽起来：“正当衰，不要赌了！”她说等等，还有一万六呢，再搏一回。老公绝不通融，一把抓住她缺了两个指头的手，往外面拖。她恋恋地看着牌桌，撂下一句：“总有一天……”

两个断指，意味着两次自我惩罚。每次的态度，仅次于“以自杀谢天下”。我们无从目击，但看过这样的纪录片，日本黑社会山口组的喽啰为了表示忠诚，切下小指献给大哥。刀下的血腥惊心动魄。且看这位女子，此前她肯定输惨了，不倾家荡产也元气大伤。好端端的指头，血淋淋地分离，赔上多少疼痛不说，多少次痛哭流涕不说，单看她挥刀的刹那，立下怎样决绝的誓言。可以推断，在某个阶段，她没有失去自新的勇气，戒！戒！后来还是逃不脱。又一个轮回，另外一个手指遭殃。人的寿元难测，赌客的祸福无常，但任何人的手掌，只有5根手指。她还没老到走不进赌场的年纪，可以预测，她恨不得拥有不正常的6指、7指。

启人疑窦的，不是她为何自斩两个手指，而是丈夫何以成为她的搭档？两次断指，按常理推论，丈夫不是促成者，也是见证人。她拿起刀子之前，也一定有杀伤力奇大的前科，如背下吓人债务，被黑社会或高利贷者逼得走投无路，丈夫以离婚威胁，父母声言如不悔改便脱离关系。可是，历经劫波的夫妻何以联手？也许，妇人在两次断指之后，卷土重来，终于赢了一回，以“真金白银”说服老公，一起来翻本。也许，老公已经绝望——怎么劝她也不听，干脆破罐破摔，广东话叫“揽住一起死”，北方话叫“吃了砒霜药老虎”。

一而再再而三地沉沦，毫无更新能力的灵魂，就这样迷失在沉沉黑夜，直到一个本该和谐快乐的家庭支离破碎，直到一无所有，直到失去更多手指，然后失去生命。这位可怜可恶的妇人，在下雨的夜晚，是否听到断指幽幽的哭声？

谁来拯救笔直地坠向地狱的人？谁来唤醒她的理性？谁愿意拉她以及她不幸的丈夫一把？还有她和她的丈夫，愿意不愿意被救？

（2015 年 3 月 7 日）

后院的虞美人

刘荒田

说来惭愧，我家后院这些年成了“废园”。超过100平方米的土地，任其荒芜已3年，有什么办法呢？儿女搬走以后，我们在国内居住的时间比在这里多。与其栽下然后任它枯死，不如不栽。好在10多年前老妻歪打正着的，在她指挥下完成了改造工程，以方砖、水泥覆盖了三分之二的泥土。不过，野草的顽强和狡黠，任是怎样坚硬的石头都被钻空子。一丛丛，从砖缝中长出。尽管左右洋邻居都友善，没有以口头或社区委员会公函的方式，要求我家尽快改善。他们想干涉我家内政，有的是冠冕的理由：景观丢人的后院成为本社区居住质量指数上的短板，导致房价下降。为此，我每次离开这个家，都要充当欧阳修《秋声赋》里的“刑官”，砍掉茂盛的杂草和杂树。在泥土上铺一块旧地毯，部分地遮丑。

眼下是4月末，阳光灿烂，花粉症肆虐。几天前的一个早晨，我撩开窗帘，后院有点儿异样。咦，是花！矮矮的，绛红、大红、橙黄、纯紫——散布在后院尾端，夹着嚣张得发绿的狗尾草。一种是波斯菊，老远就认出了。另外一种，在金门公园的花圃上见到不少，为了看真切，下楼，开门出外，踏上两棵柏树夹着的小道，脸上罩上极细的丝，该是蜘蛛网。不就是虞美人吗？如此浓艳，矜持！这些年，别说我这光说不练的假“雅士”，就连过去颇爱园艺的老妻，也没有种过任何花草。唯一的一株玫瑰，花已迟暮，为前一任房东所栽，至今15年，每年准时展示娇憨之态。花种须从园艺公司购买的虞美人，何以不请自来，且不经批准就恣肆地开呢？想起30多年前，我租住的房子，后院的篱笆旁边突然多了三丛菊花。后来贴邻不好意思地承认，是她“顺便”种下，并不时把水管伸过来灌溉的。这桩逸事，我和老妻至今谈起，对早已去世的老邻居依然万分感念。

莫非洋邻居也这般施惠于我家后院？今天，从家里二楼看到，贴邻玛丽在后院剪枝，和她同住的三位洋女子，只她有可爱的“绿手指”。我走进自家后院，站在虞美人旁边，边赏花边和玛丽隔着栅栏聊天。不好开门见山问：“是你替我们美化后院吗？”先旁敲侧击，赞美虞美人的娇艳，她睁大碧蓝的眼睛，微笑着点头称是。可是，她不知道花名，以为它和罂粟花同一品种，便笼统地称为Poppy。我对她说，虞美人在中国历史上，有极为凄美的传说。2000多年前，一个武功比后来的李小龙厉害100倍的军阀，带着宠爱的女朋友虞美人南征北讨，后来战败，被敌兵包围在垓下。四面敌军唱楚歌，他高吟悲壮的诗。虞美人为了不拖累他，拔剑自刎。后人把这伟大女性的名字，送给奇花。为了叫对方明白，我因陋就简地讲述“霸王别姬”，她开始时还蛮有兴趣，但末尾嘟囔一句:“这么复杂啊！不就是一种野花吗？”至此，我只好断定，虞美人在这里繁殖，是因为风的缘故，不然就是鸟或者浣熊的粪便带来的种子。

玛丽把剪下的枝叶放进垃圾袋，我对着微风里低昂的虞美人发呆。所谓文化差异，虞美人不失为有代表性的案例。于洋女子玛丽，它不过是常见花卉中的一种，于中国人，却是含义无穷的文化密码。牵一发而动全身，面对“虞美人”，我们怎能不曼声吟哦李后主的“问君能有几多愁，恰似一江春水向东流”。往下，黄庭坚的“去国十年老尽少年心”，蒋捷的“一任阶前点滴到天明”，纳兰性德的“不道人间犹有未招魂”……我毕竟浅薄，换一位鸿儒，怕要掉半天书袋。若和神话扯上关系——虞美人闻乐能起舞，说不定可制造和娶梅花为妻的林和靖比肩的花痴。想到这里，却有点遗憾，色调与姿态如此迷人的花，在中国的文化链条中，几乎都逃不脱衰颓、悲哀。幸亏玛丽没和我深入谈论，我若搬出这些经典，她怕要皱眉讥笑我的酸气了。

离开后院前，我采了一朵虞美人，插在案前。对它说，你算幸运，不像中国的同类一般，背负着太多意象，活出“野花”的性情，就够了。

（2014 年 7 月 6 日）

乌鸦看

刘荒田

10多年了，只要人在旧金山，每天必在这条大街上走过。可怕的熟习使得感官麻木，诗情遁踪。今天一早，出门买报，满眼老样子：背后，尽头处是可视作沙发“靠背”的海面，斜角随时变换，但花样有限。眼前，目不斜视的庄严女同胞，以中文为主的招牌。刚开始营业的杂货店以门外货架上的红苹果和黄橙子向满街微弱的阳光叫板。在街旁垃圾桶盖上啄食的两只乌鸦，也见惯了，过一会儿，它们就在街心和屋顶表演追逐。

唯一的新鲜是门牌为 2358 号的房子。一年多前由一位华裔地产经纪购下，价钱为 91 万美元。这新科业主马上在门外贴出告示：“装修以后上市，敬请期待”。于是乎我兢兢业业“期待”。一群建筑工人进驻，对上下两层做了脱胎换骨的改造，除了屋顶和墙壁，其他的差不多都换新。到最近终于收尾。门外的广告，换为“不日出售”。待到工人把车库旁边的内门也换掉，在地下后部新加的单位也铺上原木地板以后，大功告成。新牌子树在人行道旁：“房屋出售”。我天天路过，自然了解进度，以及身为专业经纪的新主人的心态，这是标准的“炒楼”，指望房市继续红火（去年旧金山全市房价提高了 22%），尽快出手，赚 10 万美元以上。不是没有风险，买房的钱来自银行，高额利息要付，万一时机错过，便是输家。我犯不着咸吃萝卜淡操心，套句吾乡已故诗人程坚甫先生的名句，这是“兵马纵横闲看弈”。

昨天夜晚，从 2358 号前路过，它因无人居住，建筑工人又不在晚间干活，从来都是一片漆黑的，但此刻灿烂灯火使门前人行道也亮如白昼，里头人影晃动。是时候了，“好的开始是成功的一半”，吉屋开放在即，不能不严阵以待。

9时整，经过2358号，毫无感觉。这一瞬，乌鸦在它的屋顶嘎一声。我顿住，仰看。两枚“老相识”，一在左，一在右，约齐了，把头探向屋内。哈哈，神了！张爱玲有“张看”，这儿是现成的“乌鸦看”。“看”什么呢？

焕然一新但空无一物的待售屋，经过昨夜摇身一变，成为家具齐全，气氛温馨的“家居”。乌鸦看到，走廊墙壁上，挂着以红木森林为题材的系列照片。餐厅内，铺上带蕾丝亚麻布的餐桌，银光闪闪的刀叉，葡萄酒杯子。厨房料理台的篮子满登登的，都是水果。客厅里，扶手椅、咖啡桌、白瓷茶具。卧室，双人床，床头几上的黑色花瓶插着塑料郁金香，一本打开的硬皮书——乌鸦“看”这些吗？有没有感觉？可理解卖屋者的苦心孤诣？

这些由专业公司从仓库运来，“摆个样子”的各种玩意儿，对乌鸦而言，吸引力会不会比从垃圾中翻出来的肉屑大？如此之类均是悬案。然而，乌鸦在刚刚漆过的屋顶边沿的伫立与鸣叫，给嫌老旧的人间注入生气，一桩房屋买卖因它们而带上喜庆色彩。这就够了。何时出手，价钱如何，乌鸦是管他娘的。

我看乌鸦。乌鸦看屋内。为时数分钟。我身边，走过一位送两个孩子上幼儿园的年轻母亲，一位散步的老太太，一条郑重其事的狗。先前，要不是乌鸦叫那一声，我便不理会屋子里头的变化，买了报纸便回家去。

就在短暂的对峙中，一只麻雀加入，但不同于身躯伟岸的乌鸦淡定，只顾蹦跳。稍后，一只鹧鸪飞来，高踞烟囱的边沿，发出悠长的“咕咕”。我一惊，原来异国的鹧鸪，啼声和宋词里的深山同类并无二致。还没琢磨出鸟声里的意蕴，乌鸦又嘎了一声，把白色粪便拉在崭新的蓝灰色墙壁上。

（2016年6月12日）

雨中的笑声

顾月华

我与安娜在她店里碰头不久，说一起去吃些东西，便往外走，我说店里还有客人，安娜说别理她，我们走。外面下着雨，俩人撑了伞，一路走一路笑。

天阴得闷着雪呢，我们走出安娜的店，店里还有一个客人。就在对面的 Mall 里吃吧，安娜问我有没有吃过台湾小吃？在台北夜市大排档上，台湾小吃名气很响，我向来不喜大排档，但姑且试一下。

安娜说："你知道吗？我认识你们这批上海画家是因为齐，他的表妹是我同学，他父母是台湾大老板，把他们几个扔在大陆几十年，现在把他弄了出来想教他做生意，可是他要学画，他家里重托了我劝他放弃学画。有一天他说想去大都会博物馆看凡·高的画，结果我看他在莫奈的荷花长卷前跪了下来看，半天不动，我被震动了，结果我没劝他放弃，反而把我所有绘画的材料及工具送给了他。"

"我在上海碰到他了，"我说，"还是这样寿头寿脑，请我们一批人去一个小城镇看他的画展，在门口，他指着一条大的广告条幅说，看×××我的名字这样大！

两人哈哈大笑，安娜又说："你有没有在艺术学生联盟？我去做过一次客，中午齐要请客，问我想吃什么。我想就挑一元五角鸡蛋三明治吧，结果他只付一个人的钱。我正纳闷，他带我到一张长桌上，全部是中国学生，掏出来一条面包，去取了许多蕃茄酱，每个人都往面包上挤上去，齐便吃这个。我一个人吃三明治，那一天我真是吃不下去。”

我说：“我比他们好，我带两片面包夹一片咸肉一片奶酪，买一杯咖啡。后来食堂把牛奶都藏起来了，那时候的留学生真穷啊！”

她说到另一位好友薄，薄的儿子对薄说：“你的朋友张宏图要开画展了。”薄想张宏图是相当前卫的画家，作品另类与别人也不来往，她很诧异儿子怎么会知道的，就问儿子从哪来的消息。对中文一知半解的儿子说：“他登广告了，你看：大展宏图。”

话音一落，俩人又哈哈大笑。

问安娜前夫麦克现在怎样了，安娜说：“他娶了个年轻女人，头发染得很黄，麦克 60 多了，也变了，头上扎一把马尾，衣服也穿得花哨，我那婆婆，就是麦克的妈妈，有话常找我说，最近非常担心，说自己 90 多了，一旦寿终，自己的灵堂上麦克会出现，那我的姐妹们会如何笑话我，看高姐妹的儿子有一根辫子。”

于是又笑，安娜穿一身黑衣，十多年了，我没见她换过别的颜色，那衣衫非常朴素简单，她的衣食节俭如僧尼，我同她初识时，麦克有一家建筑设计公司，安娜是非常讲究的少妇，那年她36岁，就是那次在大西洋赌城，她连押两次36，赢了双倍的钱，立即拉了大家去餐厅，把钱吃光了。这些年过去，我们都有变化，不变的是一颗开开心心的心。

回到安娜店里，我拿了留在店里的包，安娜又送了我一包普洱茶饼月光白，有人给安娜来电话，要她陪着去订酒席，那是个年轻女孩，替人生了两个孩子，就在第二个孩子满月时，那男的要去跟别人结婚了，她要大办酒席，公布父亲的名字，安娜立刻要走。

出门，陪她在雨中等汽车过来，远远看见一名十分年轻的女人开着车，长得也端正，唉，儿子满月就要满城风雨地讨个公平，这场官司怎么打都没有了意思，这人生才开始便遇到如此挫折，我在雨中看着车子远去，心中嗒然如失。

（2016年9月4日）

唐人街撞上唐人

顾月华

在美国，我最不喜欢的一个名称是“唐人”，在中国，最心惊肉跳的一件事是听人叫华侨“爱国贼”。早年唐人在美国流的是血汗，不是沙滩上晒出来的淋漓香汗。

几代人过去了，从大学里走出来的第二代、第三代、第四代去了山上别墅或海边沙滩。中国城依旧听人叫唐人街，摊铺上的女人穿着一身绸布衫，戴一对金耳环，不论老幼，是女人，手腕上必有一只玉镯。十步之内必有银行，中国人好存钱。百步之内，必有茶餐厅，唐人好饮茶。鱼店是一种奇观，活杀鱼引洋人猎奇，而春节的爆竹却相当惊心动魄，这让之后再不敢正月初一踏进中国城。

即使平时，中国城也没有吸引我的地方，除非办事，不登它的“黄大仙”，中国城小，没有三宝殿，只有一座招揽香客的黄大仙庙，我无事不去中国城，那茶餐厅里的呐喊，更使我灭了饮茶雅兴。

这一日，我因计算机的升级必须找懂中文的专家，才踏上中国城。中国城商场里的商品一股哈韩风，完全脱离美国潮流，却像极了上海地下铁的商场铺子。

正走着，呯地一记撞上我左肩，好痛，一个女人扭头看着店里，大步横冲直撞，整个身体撞向我左边身子，我被撞得转出九十度直角，大喊一声，说时迟那时快，这女人正当虎狼年岁，就用她的手捏住我三根手指，捏了几下放手便走，以肢体语言向我表达她的歉意。哎！你如果不会说 Sorry，你也可以说一声对不起啊。最糟糕的是她任意触碰别人肢体是不合法的，而且三根手指又被她捏得痛了半天。

我气得脸色肯定发青了，不过没人注意我正在火头上，走了十步不到，呼！又是一个女人撞上来，这人大块头，五大三粗，走路如龙卷风，她用拳击场上快击的速度撞上我右肩，我又痛得叫出声来，她头也不回若无其事窜到八步以外，回头已不见她踪影，我方感右肩胛基本快脱臼了。

唐人，这才叫唐人，我有些明白了这个称谓的含义。许多华人来到国外，不学英语，终生在唐人街混，非但与国外的生活脱节，一旦回国也肯定跟不上国人前进的脚步。他们大声喧哗，在大庭广众之间永远如入无人之境，他们不懂在任何情况下，都不可以碰触别人身体，是一种尊重。

华人中有很大的群体，生活在旧时代，他们苟且、忍耐、负重，等待着最后筋疲力尽，才能直起腰来。那时他们会扬眉吐气地去使用一生储存下来的美金，回到祖国，回到家乡。他们爱国，只有一个中国，这街上的唐人，在我眼中很卑微俚俗，但他们不是“爱国贼”，他们是唐人街上可怜的唐人，他们是爱国华侨，中国有难便捐款，中国富了同他们无关，他们付出一生的劳累，除了美金的真实，他们度过了虚幻的人生。

我是华人，我不喜以唐人自居，我同样也不是“爱国贼”，无奈地出国，尽可能尊严地生存，我没有利用爱国的名义赚过一分钱，还是一心希望祖国强大，人民富足自由，虽然没有贡献，但也不会去狼狈为奸里应外合。

唐人，唐人街的唐人，我同他们是五十步与一百步的关系，都是折了一世腰以后，希望直起身回家团聚。

（2016 年 10 月 9 日）

十七座城堡与女帽商

顾月华

丈夫以前在纽约百老汇大道30街开过一间小店，店中聘了一个德国老头，做搬运送货杂工，几次想辞退他，他哭丧着脸要求留下，有几天他忽然没来上班，后来接到他妻子电话，说他心脏病突然发作去世了。

我立刻去他家中，倒与他妻子玛丽娅成了朋友。她住房不大却十分整洁，墙上一排小镜框，是一组宫殿、城堡、官邸及别墅的组合，是她娘家、婆家在捷克斯洛伐克革命前的房子。她外婆是捷克革命前最后的皇族外支，曾住在有100多个房间的宫殿里。

外婆玛丽娅公主，在她的母亲生下她一个月前去世了，母亲便以外祖母之名命名了她。所有皇亲国戚生活在一片十七座宫殿式的城堡里。她母亲去德国学艺术，遇到一位贵族军官，便与他结了婚，她从小便看惯父母合奏。她长大后也学了艺术，放假回捷克舅父家，舅父有36个子孙，城堡里的大桌可坐40人吃饭，靠着大片矿藏、森林和土地，男的打猎，女的跳舞。只有她母亲不肯回国当贵族，在国外抛头露面做女帽营生，于是被亲戚议论纷纷。

女帽在欧洲非比寻常，她母亲读书毕业后又去实习做工，因为在欧洲有个约定俗成的习惯，大学毕业后必须有一个实习阶段方能正式发展。经她多年潜心研造，以花卉珠宝点缀的女帽，风靡欧洲贵族圈。不久更发展到女装礼服、大衣皮裘，女人中的佼佼者，连男人也要望其项背。

希特勒来了又去了，风水是轮流转的，他们是德国人，于是失去了公司。俄国人占领德国后，大肆强奸德国妇女，玛丽娅和年轻的女友们便逃出德国，最初逃到捷克躲进亲戚家荒废的城堡中，她所带的财富便是卷起来的女帽，带出国后用蒸汽复原出售以此维生。

但日子过得并不安然，他们又逃到非洲坦桑尼亚，她已结婚，同丈夫开创咖啡园，过不久，咖啡园又被当地执政党没收，辗转到了美国。最后，所有亲戚都陆续逃亡至美国存身，昔日的王公贵族都变成了穷人。

玛丽娅对我说，他们失去了土地森林和矿藏及一切财富，很快陷入绝境，甚至沦为乞丐，但她母亲无论逃到哪里，先找一份做衣帽服饰的工，他们换了很多国家，不断地失去一切，不断地流亡，但是都体面地活了下来。有一天，她和母亲去看那些亲戚，见他们与流浪汉、乞丐拥挤在空气污秽的贫民窟里，空气龌龊得令人窒息，她母亲尽其所能帮助他们。当年她母亲做工，不是因为家中缺钱，而是她喜欢创造，她母亲常说，财富再多，多到充满皇宫每个角落，都会失去的，只有自己的双手把握得到的东西，才是任何人都拿不走的。

我在儿童时代便特别喜欢这类故事，当我在一个丰衣足食的家庭里成长时，父母却不允许子女怠惰，总是以家有万贯不如日进分文来教育我们，说真的，我并不以为然，直到遇见玛丽娅，我感同身受地理解了世事变化的无常。

现在中国人富起来了，父母对子女的教育却鲜少有如此务实的。

（2016 年 10 月 23 日）

远去的端午

鲜于筝

在海外过中国传统节日难免恍惚。上星期端午，到中午了才猛然想起，有点儿失落，只能吃个粽子应景，聊以填补这失落了。

于是上街买粽子，走了两家超市，只剩甜的，肉的没了。女儿平时不太吃肉，偏偏粽子只吃肉粽。只能过些日子补吃了，心里这么想着，恰在图书馆对面人行道上，撞着个大汉，蹲地上守着3个塑料桶，里面是粽子。我停下来了：有肉的吗？有，有，大汉望着我，看样子他踏上异国不久。“多少钱一个？”我问。“一块五。”还是望着我，怕我不买。算是便宜了，我买了4个，碰上去还热的，然而松软，没有包紧。回家剥开，竟然是白色的，糯米都没有浸过酱油，肉是几个圆疙瘩。上当了，但毕竟酬了端午的情，还是很高兴。妻说，她吃过的粽子里就数嘉兴粽子、湖州粽子好！粽子、屈原、龙舟，已是端午的符号链了。我小时候端午年年过，粽子年年吃，却不知道屈原。苏州当年也有端午赛龙舟，但与屈原不相干，而是纪念伍子胥，全国独一无二的地方习俗。我到小学快毕业才知道屈原自沉汨罗江的故事。

在中国，清明、端午、中秋、重阳、冬至这些传统节日里，我觉得就数端午最火辣、最艳动、最叛逆、最怪诞。小时候，农历四月底五月初，家里就开始动手包粽子了。大人说：“端午要到了，蛇虫百脚（百脚：蜈蚣）都出来了！”大人们调了雄黄酒，端午那天都要抿几口，小孩子则用筷子头蘸了碰一碰。雄黄的化学成分是硫化砷，橘黄色，有光泽，气味冲鼻，我想多少有点儿毒，“蛇虫百脚”退避三舍。大人往往在孩子胸前、手脚心涂上雄黄酒，额头写“王”字，那就成了老虎了，害怕什么蛇虫！再小一点儿的孩子，还要戴虎头帽，着虎头鞋，穿印着蝎子、蜈蚣、壁虎、蟾蜍、蛇的黄衫裤。家里门窗壁角都要淋上点儿雄黄酒，把虫熏走，人也熏得够呛。这前后尼姑庵里的小尼姑照例上门来送五毒符，说是贴在房门上可以解虫毒。我们邻居家客堂里还挂出了钟馗画像以祛邪，我站天井里看，始终不敢进。

大街小巷门柱上挂着蓬蓬一束的菖蒲艾草桃梗蒜头，所谓“蒲剑艾旗”。在古代，五月是诸事不宜的忌月、恶月，不迁居、不婚嫁，禁止晒被褥、盖房子，甚至不糊窗槅，不能外出做官。女人们要用彩色丝线编成细绳挂在胸前，系小孩手臂上，称之为续命缕、长寿线。这些长寿线我小时候见过，编得很漂亮，就是不记得自己手臂上系过没有。清朝人写过一首《长命缕》的诗：“编成杂组费功深，络索轻于臂缠金。笑语玉郎还忆否，年时五彩结同心。”这些习俗如今都消失在岁月中了。

但是有两条蛇缠着端午流传至今，那就是《白蛇传》里的白娘子和小青。早年，端午来临，戏院里好演一场《白蛇传》应时。有年端午我随大人上戏院看全本《白蛇传》的情景还历历在目。最惊心动魄的一场是白蛇现原形。端午那天，许仙夫妻小酌，白素贞拗不过许仙娘子长娘子短地劝酒，一杯又一杯喝，喝的是雄黄酒！桃花上颊，醉了，于是睡入罗帐。过了一阵儿许仙踩着冷锣点子上场，尖着小嗓子娘子娘子地叫。走到床前，起手要掀帐帘了。大人用手蒙住我眼睛不教我看，但是我还是从指缝里看到了：帐子里红光一闪，一声锣响，一条大白蛇蹿出帐外数尺，白布做的道具，太假了。许仙却就此“砰”一声，门板一样直挺挺仰面倒在台上，帽子甩得老远，有功夫！观众喝彩鼓掌。

白蛇现完形早进帐去。接着小青来了，白蛇也醒了，从帐子里出来，依然是一身素白、漂漂亮亮、袅袅娜娜的白娘娘。接下来是昆仑山上盗仙草，水漫金山，断桥相会，法海管闲事来了，一直到合钵、祭塔。

去年回国，我和妻子到镇江，去了金山寺，在法海洞里见到了这位高僧，冷冰冰蹲在地上的一截石头和尚，苦着张脸，凄凄凉凉，还要挨游客的数落，活该！

（2013 年 6 月 23 日）

蹦 迪

姚学吾

上周末参加一个婚礼，因为女婿是美国人，所以一切礼仪、程式、餐饮、余兴全盘美化。过去也参加过十来次美式婚礼，但程式雷同。每次餐饮都极其丰盛，但也如出一辙。

当晚，大家进入最后正餐大厅时，一种类似砸夯机的巨响有节奏地打击着，使我这样的老人，顿感心脏十分不适。我知道这是 DJ 在测试设备及音响效果。估计这晚的音量就不会低于这个分贝了。我和妻子被安排就座于离DJ最近的那一桌。心里十分嘀咕，不知这餐饭能否善始善终？

在DJ的音乐台对面是一片舞池，沿舞池两侧各有十几个圆桌。来宾按名单依序入座。在侍应生登记完每人选择的主菜后，灯光随之转暗。此时乐声响起，毫不夸张地说就是砸夯机夯地的巨响——扛、扛、扛。它足以掩盖那些电子琴、吉他和歌者的大部分声音。人们像被什么驱使似的，一下子把个百平米见方的舞池，挤得密密实实。接着就开始了婚礼中的又一项重头戏——迪斯科劲舞。年轻人自然首先亮相，一步跳进舞池，接着就顿足挺胸、摇头晃脑地边跳边聊。中年人也加进来了，半老徐娘也不甘人后，把一双高跟鞋甩在一边就开始扭动起微胖的腰肢。老年人不甘寂寞，也在池边和老伴儿跳起自己熟悉的“狐步舞”，真是皆大欢喜。有几位20多岁的男女，那个精气神真够足的，当然跳得也最有模有样，魅力四射。我看着看着两只脚也不由自主地随着音乐节拍在地板上点动。心想要不是我这条不争气的腿，也许我也会当仁不让地在舞池里放浪不羁一番呢。

他们中有白领、高级知识分子。什么教授、校长、企业主管、律师、教师，个个都在忘形地蹦跳。看来，我们以前对“迪斯科”是误解了，这多年下来，我渐渐觉得这种舞蹈其实很健康。它给向来崇尚文雅、含蓄、庄重、彬彬有礼的有文化的中国人带来一种耳目一新的选择。跳“迪斯科”须忘记自己的身份、地位，忘掉一切有碍于你放开手脚、狂舞乱跳的人格面具。

做自己喜欢的事吧！如想“老来突发少年狂”，何妨去“蹦迪”！

（2009 年 7 月 10 日）

精品栏目荟萃

《副刊面面观》（李辉　编）

《心香一瓣》（虞金星　编）

《纽约客闲话精选集　一》（刘倩　编）

《多味斋》（周舒艺　编）

《文艺地图之一城风月向来人》（孙小宁　编）

《书评面面观》（李辉　编）

《上海的时光容器》（伍斌　编）

《谈艺录》（刘炜茗　编）

《问学录》（刘炜茗　编）

《名人之后》（沈秀红　编）

《纽约客闲话精选集　二》（刘倩　编）

《编辑丛谈》（董小酷　编）

《本命年笔谈》（严建平　编）

《国宝华光》（徐红梅　吴艳丽　编）

《半日闲谭》（董宏君　编）

《云泥鸿爪一枝痕》（王勉　编）

个人作品精选

《踏歌行》（陈娉舒）

《家园与乡愁》（李汉荣）

《我画文人肖像》（罗雪村）

《茶事一年间》（何频）

《好在共一城风雨》（胡洪侠）

《从第一槌开始》（剑武）

《碰上的缘分》（王渝）

《抓在手里的阳光》（刘荒田）

《阿Q正传》（鲁迅）

《风吹书香》（冻凤秋）

《书犹如此》（姚峥华）

《泥手赠来》（黄德海）

《住在凉山上》（何万敏）

《老解观象》（解玺璋）

《犄角旮旯天津卫》（林希）

《歌剧幕后的故事》（薛维）

《色香味居梦影录》（姜威）

《走读生》（李福莹）

《回家》（朱永新）

《武艺十八般》（萧乾）

《一味斋书话》（熊光楷）

《收藏是一种记忆》（剑武）